O Príncipe Teiú

e outros contos brasileiros

DeLeitura

Roteiros DeLeitura

Para escolas e educadores, a editora oferece um roteiro de atividades especialmente criado para cada obra – que pode ser baixado através do site www.aquariana.com.br.

Coleção CONTOS MÁGICOS

O príncipe Teiú

e outros contos brasileiros

Texto
MARCO HAURÉLIO

1ª edição
São Paulo/2012

**TEXTO DE ACORDO COM
A NOVA ORTOGRAFIA**

Copyright © 2011 Editora Aquariana Ltda.

Coordenação editorial: Sonia Salerno Forjaz
Projeto gráfico: Antonieta Canelas
Revisão: Tatiana Costa
Editoração eletrônica: Samuel de Jesus Leal
Capa | Ilustração: Klevisson
Arte-final: Niky Venâncio

DeLeitura é um selo da Editora Aquariana Ltda.

Coleção Contos Mágicos

CIP – Brasil – Catalogação na Fonte
Sindicato Nacional dos Editores de Livros, RJ

F985

O príncipe Teiú e outros contos brasileiros / texto [e adaptação] Marco Haurélio. 1.ed. – São Paulo : Aquariana, 2012.
(Contos mágicos)

ISBN: 978-85-7217-141-0

1. Conto brasileiro. I. Haurélio, Marco, 1974-. II. Forjaz, Sonia Salerno. III. Série.

11-5419.

CDD: 869.93
CDU: 821.134.3(81)-3

23.08.11   30.08.11   029150

Direitos reservados:
EDITORA AQUARIANA LTDA.
Rua Lacedemônia, 87, S/L – Jd. Brasil
04634-020 São Paulo - SP
Tel.: (11) 5031.1500 / Fax: 5031.3462
vendas@aquariana.com.br
www.aquariana.com.br

Sumário

Introdução, 9

Branca Flor, 13

A Moura Torta, 23

O príncipe e o amigo, 29

O gato preto, 35

Os três cisnes, 39

Bestore e a princesa, 47

A rota e a remendada, 51

O amarelo mentiroso, 53

A cobra Sucuiú, 55

O homem e a cobra, 57

Os cavalos mágicos, 61

O cunhado de São Pedro, 69

Maria Borralheira, 75

Notas, 89

Bibliografia, 101

Glossário, 105

Vocabulário geral, 107

Dados do autor, 109

Introdução

Em 2005, ainda aluno da Universidade do Estado da Bahia, Campus de Caetité, resolvi ir a campo, munido de um gravador, no intuito de registrar parte da rica literatura oral da região, dedicando especial atenção ao conto popular. Na ocasião eu ainda era professor de Língua Portuguesa do colégio Joana Angélica, na vizinha Igaporã, sudoeste baiano. O fato é que, ao me decidir pela recolha e posterior catalogação dos contos, não imaginava que a tarefa requereria paciência, amorosa dedicação e um tempo que a cidade de São Paulo, para onde me mudei ainda em 2005, insiste em nos negar.

As coisas, porém, correram melhor do que eu imaginava. Os contos recolhidos por mim, com o auxílio valioso de alguns colaboradores, redundaram no livro *Contos folclóricos brasileiros*, que veio a lume em 2010. Outras histórias, reunidas conforme a classificação internacional do conto popular, o sistema ATU, deram origem à obra *Contos e fábulas do Brasil*. Os dois livros trazem notas do emérito estudioso da literatura oral, Dr. Paulo Correia, do Centro de Estudos Ataíde Oliveira, da Universidade do Algarve, Faro, Portugal. De inquestionável importância, estas obras mostraram que, apesar das previsões pouco otimistas sobre as tradições populares, que muitos acreditam em processo de desaparecimento, ainda há uma seara imensa a ser explorada. Faltava, contudo, uma obra que abarcasse, preferivelmente, os contos de encantamento, os que correm maior risco de desaparecimento, por serem os mais longos. A dívida, em parte, está sendo paga com a publicação, pela Editora Aquariana/DeLeitura, destes *Contos mágicos brasileiros*.

Os contos que integram o presente compêndio pertencem, a rigor, a diferentes ciclos da contística popular. Mas é inegável a predominância dos contos de encantamento. Em 9 dos 13 exemplares, o domínio do elemento feérico, do maravilhoso, justifica o título deste livro, enriquecido, ainda, pelos exemplares coligidos pelos doutos João da Silva Campos e Lindolfo Gomes.

Ao final, apresento algumas curiosidades sobre os contos aqui selecionados, como a existência de variantes em coletâneas do Brasil e de Portugal e, quando necessário, em obras clássicas, a exemplo do *Pentamerone*, de Basile, dos contos literários de Perrault e dos *Marchen*, dos Irmãos Grimm.

Boa jornada!

São Paulo, 31 de agosto de 2011.

O Príncipe Teiú

Um viúvo vivia com três filhas moças. Ele cuidava de todas com muito zelo, mas a caçula, que se chamava Branca Flor, era por quem tinha mais apreço. Certa feita, ao sair para caçar, ele se perdeu na mata e não achava o caminho. Depois de três dias perdido, bateu-lhe um desespero. Quando estava se lastimando e chorando debaixo de uma árvore, apareceu, não se sabe de onde, um teiú[1], de todo tamanho, perguntando.

— O que faz debaixo dessa árvore?

— Eu saí de casa para caçar e já faz três dias e três noites que estou perdido na mata. Minhas filhas devem estar aflitas!

Então o teiú lhe propôs:

— Façamos um trato! Eu levo você para casa se prometer que me dará a primeira coisa que avistar quando chegar!

---

1. Teiú: o maior lagarto brasileiro. Vive em buracos no chão e alimenta-se de pequenos animais e de frutas.

O homem pensou: "A primeira coisa que sempre vejo quando chego é a minha cachorrinha". E disse ao teiú:

— Trato feito!

O bicho o chamou, entraram mata adentro, mata afora, e, de repente, saíram na casa do caçador. A primeira coisa que veio ao seu encontro foi a filha Branca Flor, a que mais ele tinha amor! O homem ficou desesperado. Mas logo pensou: "Não tem nada, não. Eu darei a cachorrinha para o teiú, pois ele não tem como saber quem eu vi primeiro!".

Mas promessa é promessa!

As filhas, alegres, vieram ao encontro do pai, mas ele começou a chorar. Logo apareceu o teiú, ficou de lado, todo enrolado, dizendo ao homem:

— *Me* despacha! *Me* despacha!

Branca Flor, percebendo a aflição do pai, indagou:

— Meu pai, por que tanto desespero? Já estamos todos juntos!

— Filha querida, eu fiz um trato com esse teiú. Ele garantiu que me traria de volta se eu lhe desse a primeira coisa que avistasse ao chegar em casa! E a primeira coisa que avistei foi você!

A filha lhe disse que não tinha problema, o importante era o pai estar a salvo e todos juntos. Ela cumpriria o trato. Despediu-se de todos e seguiu o teiú. Depois de andarem bastante, os dois chegaram próximo a uma árvore com um oco enorme. Aí, o teiú se virou para a moça e disse:

— *Me* acompanhe!

E se enfiou no buraco. Nem deu tempo de ela lhe perguntar como poderia entrar ali, pois, quando enfiou a cabeça, todo o corpo foi junto, parecendo que foi puxada.

Andaram, andaram e chegaram a um lugar bem escuro, mas dava para saber que era uma casa por causa das paredes e dos objetos que ela ia tateando.

Lá, Branca Flor era muito bem tratada, tudo lhe era servido. A água para se banhar vinha numa bacia. Dava para imaginar quando era dia, pois a escuridão era menor. Aí, dava até para se ter uma noção da beleza do lugar, mas nesse período o teiú não aparecia. Quando a escuridão total tomava conta, ela ceava e ia se deitar. Então, vinha uma pessoa se deitar com ela, mas a voz era a do teiú. Ela passava a mão e percebia que era um homem perfeito, mas ainda tinha dúvidas a respeito.

O tempo passou e a moça estava com muita saudade do seu pai e irmãs. Certo dia, resolveu pedir ao teiú para ir visitar a família, e ele, não querendo vê-la triste, consentiu. No dia marcado, ele a levou à casa do caçador, mas fez-lhe uma recomendação:

— Se me tem amor, quando vier da casa de seu pai, não traga nada. Virei buscá-la daqui a três dias!

Quando Branca Flor entrou na casa do pai, a alegria foi imensa! Todos estavam felizes por revê-la, e as irmãs começaram a indagar sobre tudo. Ela contou que vivia muito bem e era tratada como uma princesa, mas toda a sua vida corria às escuras.

Então uma de suas irmãs sugeriu:

— Por que você não leva uma candeia?

— Não posso. Prometi ao teiú que não levaria nada daqui.

— Não haverá problemas. Ele não saberá; basta que você tome cuidado. Eu farei um rolo de candeia de cera para você levar escondido em sua trança. À noite, você acende e, depois de ver o rosto do teiú, é só apagar e esconder novamente, que ele de nada desconfiará!

Branca Flor ficou pensativa, mas acabou cedendo à curiosidade de ver o rosto do companheiro.

No terceiro dia da visita, o teiú veio buscá-la, e ela partiu com ele, levando a candeia escondida no cabelo.

À noite, após banhar-se numa bela bacia, ceou e esperou o teiú chegar para deitar-se com ela. Percebendo que ele dormia, levantou-se, pegou a candeia e acendeu. Quando iluminou o leito, viu um homem de uma formosura sem igual. Ele era a coisa mais linda que ela já vira na vida. E ainda tinha uma estrela de ouro na testa e outra na boca do estômago. A moça ficou ali admirada e se perguntando que encanto era aquele! De repente um pingo de cera caiu na testa do moço, que já despertou perguntando:

— Branca Flor, Branca Flor, por que fez isso? Tanto que eu avisei!

Ela começou a gritar por perdão, dizendo que o amava, mas ele só pôde dizer:

— Só tem um meio de me encontrar: você terá que virar andarilha e sair pelo mundo, calçada numa alpercata de ferro, e me procurar nos quatro cantos da Terra, de reinado em reinado, até suas alpercatas ficarem gastas. Se você não desanimar, pode ser que me encontre!

O encanto se quebrou e tudo desapareceu com o rapaz. Branca Flor achou-se sozinha no meio do nada. Depois do susto e de compreender o que ela fizera, saiu à procura de um ferreiro, a quem mandou fazer as alpercatas de ferro. Depois saiu perambulando sem rumo. Andou muito até chegar a um reinado. Bateu à porta de uma casa e saiu uma senhora toda iluminada dizendo:

— O que faz aqui, filha? Essa é a casa do Sol, e, se ele chegar, vai devorá-la!

— Minha boa senhora, eu estou à procura do meu amado! — e contou toda a história à mãe do Sol, que ficou muito comovida e resolveu ajudá-la.

— Fique atrás da porta, pois quando o meu filho chega, sai varrendo tudo com o seu esplendor e poderá devorá-la se a encontrar! Farei o possível para descobrir alguma coisa que possa lhe ajudar!

Branca Flor ficou atrás da porta. Daí a pouco, chegou o Sol, varrendo tudo com seu calor. Já foi chegando e dizendo:

— Aqui cheira a sangue real!

— Não é nada, meu filho, além da galinha que preparei para você! — disse a mãe.

Quando o Sol estava comendo, a mãe indagou se ele sabia alguma coisa de um moço que tinha uma estrela de ouro na testa e outra na boca do estômago.

— Só sei que ele foi amaldiçoado e está encantado. E também se acha muito doente! Mas quem mais sabe sobre isso é a Lua!

Quando terminou de comer, o Sol se foi, varrendo tudo com seu calor. Branca Flor saiu de trás da porta e, com as orientações da mãe do Sol, marchou para o reinado da Lua.

E a barriga dela só crescia!

Quando bateu à porta da Lua, apareceu uma senhora da cara redonda, de cor cinza lunar, que lhe perguntou:

— O que faz aqui, filha? Por acaso não sabe que essa é casa da Lua, e se ela chegar e encontrá-la aqui, vai matá-la com sua luminosidade!

Branca Flor narrou a sua desdita, e a velha, comovida, pediu que ela se escondesse atrás da porta, para tentar descobrir algo sobre o príncipe.

Daí a pouco, a Lua chegou, varrendo tudo com sua *claridão* e dizendo:

— Aqui cheira a sangue real!

— Não é nada, não, minha filha. Deve ser o frango que preparei para a ceia! — disse a mãe, que, após servi-la, indagou-lhe sobre o príncipe Teiú.

— Pobre coitado! — suspirou a Lua. — Está encantado e muito doente num lugar onde o Vento faz a curva!

Quando a Lua se foi, Branca Flor saiu de detrás da porta e seguiu a orientação da mãe da Lua para encontrar o reino do Vento.

Ao depois de muito andar, com grande dificuldade, pois sua barriga estava enorme e ela estava muito cansada, chegou à casa do Vento. Bateu à porta e novamente, por sorte, quem abriu foi uma velhinha, com jeito de brisa, perguntando o que queria, pois aquela casa não era lugar para ela bater à porta!

A moça explicou o seu padecer e pediu misericórdia. A mãe do Vento a instruiu a ficar atrás da porta!

Quando o Vento chegou, varrendo tudo num vendaval sem fim, foi logo uivando:

— Aqui cheira a sangue real!

— Não é nada, não, meu filho. Deve ser a galinhada que preparei!

Após servi-lo, a velhinha perguntou sobre o príncipe Teiú, que tipo de encantamento o dominava, onde estava e o que era preciso fazer para curá-lo.

— Ele está no Reino da Escuridão, debaixo de um feitiço poderoso, e só vira gente à noite. Faltavam poucos dias para o encanto se desfazer, quando foi quebrado por causa da imprudência de uma moça. Agora está doente e se não recuperar a memória de quem é e como vive, morrerá!

Depois de cear, o Vento se foi e Branca Flor saiu de trás da porta e marchou na direção que a velhinha apontara. Ela foi ter à casa de outra velhinha, que a acolheu. Mal chegou lá, deu à luz um menino, que era a coisa mais linda desse mundo: tinha uma estrela de ouro na testa e outra na boca do estômago!

Ela ficou na casa da velha, que morava perto do castelo. Branca Flor, então, ia para o rio lavar os paninhos do filho. E, quando colocava para quarar, as roupas brilhavam como ouro. Nessa hora, chegava uma pombinha e cantava:

— *Branca Flor, Branca Flor,*
prova de amor,
não conhece mais!

A criada do castelo, que via aquilo tudo, contava à rainha, que mantinha o príncipe Teiú escondido. À noite, a rainha lavava os pés do príncipe, dizendo que lhe daria sono, mas na verdade era o encanto para ele não se lembrar do seu passado nem de sua amada.

Branca Flor, todos os dias, por orientação da velha, repetia o processo com as roupas. Certo dia, a criada, vendo o príncipe desperto, resolveu contar-lhe o que ocorria no rio todos os dias. Quando a rainha trouxe a água, ele disfarçou e não lavou os pés, ficando desperto. Branca Flor foi para o rio lavar os paninhos do filho. Quando lá estava com o menino, a pomba branca cantou novamente:

— *Branca Flor, Branca Flor,*
prova de amor,
não conhece mais!

Quando o príncipe ouviu a canção, lembrou-se de Branca Flor, do encanto e de tudo o que aconteceu! Chamou a criada e deu ordens para levar a moça ao seu quarto à noite. Meia-noite, Branca Flor chegou ao quarto dele com o filho nos braços. Quando ele a viu, ficou numa felicidade enorme! No dia seguinte, a rainha estranhou a porta fechada e começou a bater, mas o príncipe não abria.

Depois de muita insistência, o príncipe Teiú resolveu abrir a porta. A seu lado estavam Branca Flor e o filho. A rainha, percebendo que havia perdido todo o seu encantamento, caiu para trás e morreu.

E os três, a partir de então, foram viver felizes.

Jovina Angélica de Amaral Silva,
Serra do Ramalho, Bahia.

A Moura Torta

Um príncipe saiu de casa para conhecer outras terras. No caminho, avistou uma árvore com três frutas. Como estava com muita fome, ele tirou uma fruta e partiu. Para sua surpresa, saltou de dentro uma moça muito linda. Mas já saltou gritando:

— Dê-me água! Dê-me água!

Como não tinha água por perto, a moça morreu.

O moço tirou as outras frutas e, mais adiante, com sede, resolveu partir uma. Saltou uma moça ainda mais bonita, mas como ele não tinha água, ela também morreu. Então, pegou a terceira fruta e guardou-a no bolso. Perto de um rio, ele a partiu, e de dentro saltou uma moça, que mais linda não podia ser. Enquanto ela pedia água, ele correu até o rio, encheu uma banda da fruta com água e levou até a moça, que já estava no chão. Quando bebeu a água, a princesa — a moça era uma princesa! — ficou boa, e se recuperou.

O moço, então, pediu a ela que subisse numa árvore, enquanto ele ia buscar uma carruagem no seu reino, que ficava um pouco longe. E prometeu que logo voltaria para levá-la. A moça subiu numa árvore que ficava na beirada do rio.

Perto dali vivia uma mulher que tinha uma empregada chamada Moura Torta. A Moura Torta veio até o rio para pegar água num pote. Quando se abaixou, viu a imagem da princesa refletida na água e, imaginando que fosse ela, falou:

— Nossa! Eu, tão linda, e minha patroa me manda pegar água nesse pote velho! — e arrebentou o pote no chão.

Chegando em casa, a patroa perguntou:

— Cadê o pote?

— Ah! o pote quebrou.

— Ô peste! Então, pegue essa cabaça, mas não me volte sem água!

A Moura Torta pegou a cabaça e foi. Lá, de novo viu a imagem da moça e refugou:

— Eu, tão linda e carregando água em cabaça! — e arrebentou a cabaça, chegando em casa sem nada. A patroa perguntou:

— Cadê a cabaça d'água?

— Caiu e quebrou.

— Então, pegue esse caldeirão, que se cair não quebra.

Ela foi. No rio, assim que se abaixou e viu a imagem da moça, começou a macetar o caldeirão, de tanta raiva que ficou. A princesa, que já tinha se segurado por duas vezes, não aguentou e deu aquela risada. Quando a Moura Torta a viu, compreendeu tudo e se botou em sua direção. Como ela não desceu, a Moura Torta subiu na árvore e perguntou o que ela fazia ali. A moça, de besta, contou tudo e ainda disse que estava esperando o príncipe vir buscá-la. A Moura foi se encostando, se encostando, e começou a mexer no cabelo da moça; notando-a distraída, a bruxa pegou um alfinete e fincou-lhe na cabeça. A princesa virou uma pombinha branca e foi embora, voando. Aí, a Moura Torta vestiu a roupa dela e ficou no mesmo lugar onde ela aguardava o príncipe. Quando este chegou, que olhou para cima, cadê a moça bonita? No seu lugar estava a Moura Torta, feia que só a peste! Porém, estava com o mesmo vestido, no mesmo lugar. Então ele quis saber:

— O que aconteceu, que você mudou até de cor?

— É que você demorou tanto que o sol queimou a minha pele.

Ele pensou: "Danou-se!", mas fazer o quê? Prometeu, tinha que cumprir. Levou a Moura Torta para casa, pensando que fosse a princesa.

Passou uns dias. O hortaleiro da corte foi molhar a horta quando viu chegar uma pombinha branca, que pousou numa árvore. E a pombinha cantou:

— Hortaleiro, hortaleiro, como vai o príncipe com a Moura Torta?

O hortaleiro respondeu:

— Ele vai comendo e vai bebendo; a vida ele vai levando.

— E eu, triste pombinha branca, comendo pedrinha no campo e bebendo *uruvaio*[2].

O hortaleiro, assustado, foi até o príncipe e contou o ocorrido: onde já se viu uma pombinha cantar igual gente? O príncipe mandou fazer um lacinho de caruá e deu ao hortaleiro, dizendo:

— É pra pegar a pombinha.

Quando ela chegou, pousou na árvore e cantou a mesma cantiga. Depois, o hortaleiro lhe mostrou o lacinho e pediu pra ela pôr o pé. A pombinha respondeu:

— Em lacinho de caruá meu pezinho não vai lá.

O hortaleiro contou ao rei, que mandou fazer um lacinho de ouro. No outro dia, depois da cantiga da pombinha, o hortaleiro mostrou a ela o lacinho de ouro. Ela disse:

— Em lacinho de ouro meu pezinho lá vai — e pôs o pezinho. O hortaleiro a pegou e levou ao rei, que ficou muito alegre:

— Oh, que pombinha branquinha, tão bonitinha! — e alisava a cabeça da pombinha.

---

2. Por corruptela, orvalho.

Ia alisando, alisando, até que notou o carocinho. Segurou e puxou: era o alfinete envenenado e a pombinha virou a linda princesa.

Assim que a Moura Torta viu a moça, disparou na carreira. Correu tanto que tropeçou, caiu e quebrou o pescoço. O príncipe e a princesa se casaram e foram viver muito felizes.

Maria Rosa Fróes,
Brumado, Bahia

O príncipe e o amigo

Um príncipe era muito amigo de um moço, desde os tempos da meninice. O moço não saía da casa do príncipe, onde almoçava e jantava. Não ia um deles a festa, caçada ou passeio, que o outro também não fosse. Haviam combinado que, se casassem, seria o casamento de ambos feito no mesmo dia e na mesma hora. Aconteceu, porém, que o amigo do príncipe se apaixonou por uma moça muito bonita e, com ciúme, nada quis dizer àquele. Casou-se às escondidas, indo morar com sua mulher num lugar muito afastado e deserto, sem criados, nem nada. O príncipe começou a notar logo que ele andava distraído, já não o procurava como dantes e raramente ia almoçar ou jantar em sua companhia. Pôs-se então a espioná-lo. Um dia, sem que o amigo o percebesse, acompanhou-lhe os passos, vendo-o bater à porta duma casa, lá naquelas brenhas. Disse consigo: — "É ali que meu amigo mora. Eu hei de ver o que é que ele tem naquela casa, que está esquecendo a nossa amizade."

Daí a algum tempo chamou-o, dizendo:

— Eu preciso que você me vá levar uns papéis de muita importância a tal parte. É coisa muito séria e só um amigo como você pode me dar conta do recado.

O moço declarou prontamente que faria a viagem, cuja duração deveria ser duns três dias. Recebeu os papéis da mão do príncipe e foi despedir-se da mulher. No meio do caminho, comprou um bocado de farinha-do-reino. Chegando em casa, sem que a mulher o visse, espalhou farinha por todos os cômodos, menos no quarto de dormir, na sala de jantar e na cozinha.

— Olhe, fulana. Eu vou fazer uma viagem muito urgente. Você não tem que sair da camarinha, nem da sala de jantar, nem da cozinha, enquanto eu não voltar. Haja o que houver. Veja lá...

Passou a perna no cavalo e foi-se embora.

No dia seguinte, o príncipe foi rondar a casa. Tudo fechado, quieto, como coisa que dentro dela não estava vivalma. Espiou pelas fechaduras, correu os quatro cantos da casa. Nada. Levou assim o dia inteiro. Quando já ia escurecendo, passou uma velha e dirigiu-se ao príncipe, que estava fumando de raiva, para lhe pedir uma esmola. Respondeu o príncipe, com maus modos:

— Ora saia-se daqui, que eu não tenho esmola!...

Tornou a velha:

— O que é que vosmecê tem, que está zangado, meu moço? Diga, que talvez eu possa lhe dar remédio.

— Olhe, disse então o príncipe, se você fizer com que eu entre nesta casa, dou-lhe uma esmola muito grande.

Aí, a velha botou as mãos nas cadeiras, deu uma gargalhada, e respondeu:

— O quê? É somente isto? Espere aí, meu moço.

Correu até a beira do rio, entrou n'água, molhando-se toda, e foi bater à porta da cozinha. A moça ficou espantada. Então perguntou:

— Quem bate aí?

— Sou eu, minha sinhá. Deixe eu passar a noite aí no pé do fogão, enquanto enxuga a minha roupa, que está toda molhada.

A moça espiou do buraco da fechadura. Vendo a velha naquele estado, abriu a porta e disse:

— Coitada! O que foi isso, minha velha?

— Eu, minha sinhazinha, caí dentro do rio, me molhando desta maneira.

— Espere aí, minha velha, deixe eu lhe dar uma roupa para você mudar.

— Não carece não, minha iaiazinha; deixe estar, que eu aqui ao pé do fogo enxugo já a minha roupa.

Recusou também, cama, café, tudo quanto a moça lhe ofereceu, ficando ali encolhida ao pé do lume. Quando a moça foi dormir, a velha, que estava munida de um pedaço de cera, levantou-se devagarinho e tirou o molde da chave da porta da rua. No outro dia, cedo, despediu-se com muitos agradecimentos à moça, indo-se embora. O príncipe já a estava esperando impaciente. Então a velha entregou-lhe o molde da chave, dizendo que na casa só morava uma moça, que era a mais bonita que seus olhos já haviam visto. O príncipe deu-lhe uma porção de dinheiro e voou para a casa do ferreiro, a fim de que o mesmo lhe fizesse uma chave pelo molde, o mais depressa possível.

Bem tarde da noite, o príncipe foi à casa do amigo, abriu a porta e entrou na pontinha dos pés, correndo todos os compartimentos, sem ver ninguém. Já estava desapontado, quando, no último quarto, deu com uma moça dormindo, nua e descoberta da cintura para cima. Parou no batente da porta, contemplando abismado a sua formosura. Depois de bastante tempo, disse o príncipe consigo: —"Bem razão tem o meu amigo em esconder semelhante joia."

Saiu e foi-se embora.

No dia seguinte, chegou o moço. Foi logo dar conta da viagem ao príncipe, correndo em seguida até em casa. Assim que entrou, começou a revistar o chão, onde havia espalhado a farinha-do-reino, vendo as pisadas do príncipe. Calou a boca. Dias depois, deu um grande banquete, para o qual convidou aquele, além de uma porção de amigos outros. Muitas comidas, muitas bebidas, brindes, etc. Estando já para acabar a festança, o moço levantou-se. Ergueu o copo e disse:

— Quando de casa saí,
Pós brancos espalhei.
Rastro de ladrão achei.
Se roubou, se não roubou,
Só Deus sabe. Eu não sei.

Dito isso, puxou pelo punhal e fincou-o ao meio da mesa. Os convidados ficaram espantados, sem saber o que aquilo significava. A moça quase tem um ataque. O príncipe, que estava sentado defronte do amigo, levantou-se, pegou no copo e respondeu:

— Quando de casa saíste,
Pós brancos espalhaste.
Rastro de ladrão achaste.
Que lindas uvas eu vi!
Te juro, por Deus do céu,
Como nelas não buli.

Então entraram em explicações, ficando tudo em pratos limpos. Continuaram os dois muito amigos, e o moço nunca mais escondeu sua mulher do príncipe.

Recolhido por João da Silva Campos,
Contos e fábulas populares da Bahia*,*
págs. 268-271.

O gato preto

Numa fazenda moravam dois irmãos: um rapaz e uma moça. Ela cozinhava para ele, que passava o dia inteiro nas lidas da roça. Uma vez ela pôs o alho sem descascar totalmente e ele, sem perceber, comeu todo o almoço. Depois de almoçar, o moço foi para debaixo de uma gameleira, onde viu dois buracos, que pareciam não ter fim. À noite, em companhia de um amigo, ele foi verificar o que havia no lugar: escondidos, os dois viram saindo dos buracos os "bichos ruins" acompanhados do Chefão. Este perguntava das maldades que eles praticavam e cada um, por sua vez, tinha de prestar contas. Um dos bichos disse que não pôde fazer maldade numa casa porque o alho não foi descascado totalmente.[3]

---

3. Superstição corrente no Brasil, herdada da Europa. O alho sempre foi considerado um grande defensor contra maus espíritos, desde que não esteja descascado totalmente.

No caminho de volta para casa, o rapaz avistou um gatinho preto, magro de dar dó. Lembrou-se que a casa onde morava estava empestada de ratos e apanhou o bicho, julgando-o útil. Na chegada, entregou-o a irmã, recomendando que o alimentasse e que nunca deixasse o bichinho com fome. Mas havia um mistério: na presença do rapaz o gato comia que era uma beleza. Já a moça, não havia meios de fazer o gato comer. Na ausência do rapaz, o bicho simplesmente sumia. O rapaz, antes de sair, sempre recomendava:

— Minha irmã, você está deixando o nosso gato com fome. Depois não reclame da sorte!

A moça tentava cumprir a recomendação, mas não tinha jeito. E o gato, passado um tempo, voltou a ficar mais magro do que já era. Imaginando que a moça fosse culpada, o irmão deu-lhe uma bela surra por não alimentar o gato em sua ausência. À noite, ele foi até a gameleira, onde, escondido, assistiu à reunião dos "bichos". No meio dos tais estava o dito gato contando suas peripécias:

— Eu fiz um rapaz surrar a própria irmã. E vou prosseguir até ele matá-la!

Percebendo a injustiça que cometera, o moço procurou a irmã, a quem pediu para pisar o alho com alguma casca, mas sem dar maiores explicações. Estava sentado quando o gato magrelo veio em sua direção esfregar-se nele. O rapaz esperou o bicho chegar e, sem piedade, desceu-lhe o porrete e o escorraçou de casa.

No outro dia, o moço foi de novo assistir, escondido, à reunião dos trastes. O que se disfarçava no gato explicou a razão de seu fracasso. Depois contou que tinha praticado outra maldade

— Eu fiz a filha do rei do lugar cair doente e o gado penar por falta d'água. Há muita água oculta num lajedo, sob o qual brota uma raiz de pau que cura qualquer enfermidade. O lajedo pode ser quebrado com uma simples alavanca, fazendo jorrar água em fartura para o gado. Já a raiz é o remédio que pode livrar a princesa do mal que a aflige.

Sabedor, o rapaz procurou o rei e disse que sabia como conseguir água para o gado e curar a princesinha doente. Foram até o dito lajedo e o quebraram. A água começou a borbulhar e a raiz apareceu. O rei mandou fervê-la e dar o sumo para a princesa, que ficou completamente sã, e, como recompensa, casou com o moço que lhe trouxe a cura. Ele mandou buscar a sua irmã para viver no palácio. E os *bichos* [4], vendo que não conseguiam fazer mal ao moço, não o atentaram mais.

Maria Rosa Fróes,
Brumado, Bahia

---

4. Bichos por demônios. A narradora se esquivou de pronunciar nomes como "Diabo", "Satanás", evitando, segundo sua crença, a invocação involuntária.

Os três cisnes

Havia numas terras encantadas um príncipe descendente de milagrosa fada e casado com a princesa mais bela do vizinho Reino.

Ao fazer-se moço o príncipe, a fada, sua mãe, recomendou-lhe que jamais na vida se mirasse em espelho ou onde contemplasse em reflexo sua imagem formosa, pois, se tal fizesse, ele, príncipe, se transformaria em cisne.

Por isso o moço, seguindo à risca as recomendações de sua mãe, proibiu em palácio o uso de espelhos e fugia das águas dos rios, dos lagos e de todos os objetos transparentes que pudessem refletir a sua imagem.

Ora, uma vez a princesa, deslumbrada com a rara beleza do esposo, o contemplou tão fixamente e por tanto tempo que o príncipe não pôde esquivar-se àquela adorável contemplação, e, fitando a esposa, viu a sua imagem refletir-se na retina daqueles olhos.

E, então, já sob o efeito do encanto, murmurou:

— Ah! ingrata, foste a minha perdição! Agora procura-me para sempre nos ares!

E, tomando a forma de um alvíssimo cisne, voou pela infinidade do céu.

Rápida a princesa precipitou-se sobre o cisne que batia as asas, e vendo que já não o podia alcançar, atirou-lhe uma pequena caixa de ébano que ele recolheu nas asas, levando-a consigo.

Desde esse dia a princesa tornou-se melancólica e a ninguém dirigia uma única palavra.

Tudo se fez para despertá-la daquele sonho de tristeza, e tudo foi debalde.

O Rei, seu pai, veio então buscá-la e levou-a por montes e vales, de vila em vila, a ver se assim, a distrairia daquela profunda mágoa.

Chegaram, pois, a uma bela cidade pertencente ao Reino e ali se instalaram em suntuoso palácio, mandando o rei anunciar aos habitantes por seus emissários que concederia uma soma enorme de dinheiro e graças a quem contasse uma história que fizesse a princesa rir e esquecer os padecimentos.

Muitos foram os que se dirigiram ao palácio, imaginando e relatando casos engraçadíssimos, histórias de fadas e de gênios, sortilégios e bruxarias, mas impassível mostrava-se ao ouvi-las a princesa, e muitas delas só serviam para aumentar mais ainda as suas angústias.

Vivia nas redondezas da cidade um pobre velhinho lenhador em cujo lar havia fome e frio.

Uma noite, seguindo ele pela estrada, pensando na sua vida de misérias, pedia a Deus que lhe inspirasse uma história que fizesse a senhora princesa rir, porque assim poderia alcançar não um reino portentoso, mas um pedaço de pão para matar a fome.

Sentou-se numa pedra que havia à margem do caminho e, continuando em suas cismas, viu de repente surgir à sua frente uma pequenina cabra toda branca, trazendo à cabeça um pequenino púcaro de água. E dirigindo-se a ele, disse-lhe:

— Arreda, que quero passar!

O velho, deslumbrado, recuou, a pedra ergueu-se por si mesma e deu passagem à cabrinha, tomando novamente sua primitiva posição.

Implicado com o mistério da cena que acabava de passar, o lenhador sentou-se novamente sobre a pedra, quando segunda cabra, desta vez toda azul, trazendo à cabeça outro pequenino púcaro de água, dirigiu-se a ele, e, como a primeira, murmurou as mesmas palavras:

— Arreda, que quero passar!

O velhinho saltou imediatamente para um lado, dando caminho à graciosa cabra.

A pedra levantou-se e ela atravessou lampeiramente. Depois que a pedra desceu a seu lugar, o velhinho sobre ela se sentou, disposto a não sair dali.

Mas o lenhador começava a imaginar no que vira, e terceira cabrinha toda verde, trazendo ainda pequenino púcaro de água, surgia, falando como se falasse à pedra:

— Arreda, que quero passar!

Seguidamente o velhinho recuou e a pedra ergueu-se vagarosa, deixando passar a galante cabrinha.

Antes, porém, que a pedra se abaixasse, o velhinho, de súbito inspirado, meteu-se pelo subterrâneo, e qual não foi o seu espanto quando se viu entre as paredes de um maravilhoso palácio, onde em meio de riquíssimo salão havia um grande tanque, jorrando cristalina água, em que a cabrinha esvaziava o púcaro.

Em roda de uma pequenina mesa três belos jovens jogavam as cartas, quando um deles disse para um dos criados:

— Criado, criado, traze aqui o meu relógio!

E logo o outro:

Criado, criado, traze aqui o meu retrato!

E seguidamente o outro:

— Criado, criado, traze aqui a minha caixa!

Três criados trouxeram os objetos pedidos e eles, sucessivamente fitando as relíquias, murmuraram:

— Retrato, retrato de minha bela, vejo-te, só não vejo a ela!

— Relógio, relógio de minha bela, vejo-te, só não vejo a ela!

— Caixinha, caixinha de minha bela, vejo-te, só não vejo a ela!

E, imediatamente, transformaram-se os três moços em três brancos e lindos cisnes, que desapareceram em meio das águas do tanque.

O velhinho bateu palmas de contente por haver descoberto a história que faria rir a senhora princesa, e, dirigindo-se para o lugar da pedra, murmurou as palavras cabalísticas que aprendera:

— Arreda, que quero passar!

A pedra ergueu-se e ele saiu do palácio, vendo-se outra vez na estrada, por onde seguiu em demanda da cidade.

Ao amanhecer, foi ao palácio real e perguntou à sentinela se podia contar uma história à senhora princesa.

O soldado riu-se da figura exótica do velho e do seu maltrapilho traje.

— Vai-te daqui, seu jagodes!

— Não irei, não senhor, quero contar uma história à senhora princesa...

O soldado, enfurecido, saltou sobre o velho e fez-se então uma algazarra infernal que obrigou o Rei a chegar à janela.

Mal avistou o velho avistou Sua Majestade, pôs-se a gritar:

— Eu quero contar uma história à senhora princesa!

O que fez com que o Rei mandasse soltá-lo e ordenasse que subisse imediatamente.

Introduzido o velhinho nos aposentos da princesa, alguns minutos depois ecoou uma gargalhada nas dependências do palácio, riso de alegria, que fez com que o Rei desmaiasse de prazer.

No outro dia o Rei e a princesa, acompanhados do velhinho já muito bem vestido e de grande comitiva, seguiram a caminho da pedra encantada a verificarem a verdade da narrativa.

Chegados que foram, todos se ocultaram no bosque próximo, ficando a princesa e o velho sentados sobre a pedra.

A primeira e a segunda cabrinha passaram, e, quando desapareceu a terceira, o velho e a princesa acompanharam-na pelo subterrâneo, em cujo interior a moça fica deslumbrada.

Esconderam-se atrás de um resposteiro, e eis que três lindos cisnes saíram do tanque e se transformaram em três belos mancebos, num dos quais a princesa, cheia de pasmo, reconheceu seu esposo.

Quis gritar, mas o velhinho conteve-a prudentemente.

Então um dos mancebos e seguidamente os outros disseram para os criados:

— Traze, tu, o meu relógio!

— Traze, tu, o meu retrato!

— Traze, tu, a minha caixa!

E murmuraram sucessivamente, contemplando cada uma daquelas relíquias:

— Retrato, retrato de minha bela, vejo-te, só não vejo a ela!

— Relógio, relógio de minha bela, vejo-te, só não vejo a ela!

— Caixinha, caixinha de minha bela, vejo-te, só não vejo a ela!

Quando o mais lindo dos príncipes pronunciou tais palavras, a princesa não se pôde conter e lançou-se em seus braços, murmurando:

— Ó meu amado esposo!

Surpreso, o príncipe afastou-se e disse-lhe:

— Por ora ainda não. Meu encanto não terminou. Amanhã nós três, cisnes que somos, passaremos em frente de teu palácio e aquele em que acertares um de três limões que atirares será o teu esposo e ficará desencantado!

Subitamente os três moços, transformados em cisnes, desapareceram nas águas do tanque.

A princesa voltou para casa muito triste e tudo narrou às suas criadas, o que causou grande alegria aos soldados por verem que o lenhador deveria ser castigado.

No dia seguinte muito cedo a princesa veio para a janela, munida de três limões, e esperou. Mas no mesmo instante apareceram ao longe os três cisnes voando.

O primeiro cisne passou e muito longe dele passara o limão atirado pela princesa. O segundo quase fora atingido nas asas, quando apareceu o terceiro, muito branco e mimoso, que caiu, recebendo no peito o terceiro limão e transformando-se logo naquele belo príncipe que era o legítimo e adorado esposo.

Foi indescritível a alegria que reinou no palácio e na cidade.

O velho lenhador subiu logo à categoria de duque, e nunca mais houve fome nem frio no seu lar. Entretanto, o primeiro ato foi perdoar àquela sentinela malcriada que lhe fora impiedosamente ao pelo.

Recolhido por Lindolfo Gomes em Juiz de Fora-MG,
Contos populares brasileiros, *págs. 127-131.*

Bestore e a Princesa

Houve, há muito tempo, um rei que tinha um escudeiro muito sabido chamado Bestore. Esse escudeiro achou de se apaixonar pela filha do rei, que nem quis saber de conversa. Mas, para se livrar de Bestore, fez a seguinte proposta: que o escudeiro caminhasse até certo ponto, que ficava muito longe — mas pense num longe! —, dizendo: "rerengo, rerengo, lengo"; se fosse e voltasse sem esquecer as palavras, ele casava com sua filha.

Bestore saiu repetindo aquela esquisitice, mas o rei, muito tinhoso, para distraí-lo, pôs uma mulher nua em pelo no seu caminho. Bestore, que estava muito apaixonado pela princesa, nem se abalou e falou para a mulher:

— *Fasta* pra lá, cara de jacu merengue! Não deixe eu me esquecer do rerengo, rerengo, lengo!

Mas o rei não se deu por vencido e disse para Bestore que aquela prova tinha sido muito fácil e lhe propôs outra. Pediu a ele que fosse até a manga e pegasse o cavalo mais bravo que lá houvesse, trouxesse, arreasse e montasse o bruto. O escudeiro trouxe o cavalo, mas não conseguia nem pôr os arreios nem montá-lo. Vendo o seu desespero, a princesa, que era encantada, disse ao pai que a rainha queria falar com ele. Foi o tempo para amansar o cavalo, pôr os arreios e montar Bestore nele. Quando o rei voltou, mais uma vez, deu a testa e fez outra proposta a Bestore: esvaziar um grande tanque, que ficava perto do castelo, com uma peneira!

O coitado ficou quase o dia todo naquele serviço inútil. Quando viu que não tinha jeito, sentou-se na beira do tanque e desandou a chorar. Chegou a princesa perguntando:

— Por que chora, Bestore?

— Porque não vou me casar com você, pois não consigo retirar a água do tanque com a peneira.

A princesa pediu a ele que deitasse em seu colo. Quando acordou, Bestore viu o tanque vazio e foi correndo contar ao rei que tinha feito o seu mandado. O rei conferiu se era verdade. Depois falou:

— Com esse aí só tem um jeito: mandar matar.

Então, ajuntou os capatazes e ordenou que pegassem Bestore, enrolassem num gibão, amarrassem e, depois, jogassem no mar. Assim eles fizeram. No caminho para o mar, os malvados pararam numa bodega e, enquanto tomavam pinga para criar coragem, o gibão foi deixado na porta. Bestore, que estava dentro, danou-se a gritar:

— Eu já disse que não quero me casar com a filha do rei!

Justo nesta hora passava um tropeiro, com uma tropa muito grande, e estranhou aquele reboliço. Parando em frente ao gibão, perguntou:

— Não quer o quê, homem?

— Não quero me casar com a filha do rei. Ele me prendeu aqui para me obrigar a casar com a sua filha.

O tropeiro então lhe propôs:

— Já que você é doido mesmo, vou lhe fazer uma proposta: fique com a minha tropa e em troca eu tomo o seu lugar para me casar com a filha do rei.

Dito e feito: o tropeiro soltou Bestore e entrou no gibão, que foi bem costurado. Quando os homens saíram, ele começou a gritar:

— Eu já disse que não quero me casar com filha do rei! — mas, pouco depois, os homens jogaram o gibão no mar e ele casou com a morte.

Bestore deixou passar uns dias, reuniu a tropa e se mandou para o castelo. Bateu palma e quem saiu para atendê-lo foi o rei.

— Ué, Bestore, como é que você não morreu?

— Sabe o que é, seu rei? Lá no fundo do mar é onde tem mais riqueza: foi assim que eu consegui comprar esta tropa.

O rei, muito ambicioso, pediu a Bestore que o enrolasse num gibão, costurasse e jogasse no fundo do mar. Foi o que Bestore fez, livrando-se de uma vez do rei e casando-se com a sua filha.

Rita de Cássia Souza Martins
Igaporã, Bahia.

A rota e a remendada

Uma mulher muito rica, por descuido, perdeu tudo, mas continuou soberba e *pancuda*. A criada dela não aguentava mais tanta exploração e *metimento*. Certo dia, uma amiga rica mandou dizer que ia visitá-la. A mulher soberba ficou muito preocupada e alertou a criada:

— Negra, minha amiga rica vai vir me visitar e ela não deve saber que estou nessas condições! Vamos combinar o seguinte: quando ela estiver aqui e já estiver de prosa eu vou para o banho e direi: "Negra, traga minha camisa!" Você responderá, perguntando: "A rendada ou a bordada?" E ela pensará que estou pomposa!

Deixa que a única camisa que a metida tinha era uma toda remendada!

E continuava a se desfazer da criada.

No dia da visita, depois que a amiga chegou e a prosa já estava em bom andamento, a metida resolve tomar banho para se mostrar.

Quando estava no banho, gritou de lá:

— Negra, traga a minha camisa!

A criada perguntou:

— Sinhá, a rota ou a remendada?!

A amiga rica pôs-se a rir e a metida ficou envergonhada.

Ernesto Domingos da Silva,
Serra do Ramalho, Bahia.

O amarelo mentiroso

Era um rei que tinha anunciado pagar bem àquele que lhe contasse uma mentira do tamanho do padre-nosso. Correu ao palácio uma porção de gente; mas ninguém contava uma mentira do tamanho que ele queria.

Um dia, um amarelo empapuçado, que só vivia na cinza, disse ao pai:

— Meu pai, eu vou contar ao rei uma mentira do tamanho do padre-nosso.

O pai, a mãe, os irmãos do amarelo caíram na gargalhada.

— Ora vejam só!... vai, amarelo! Tomara que o rei mande te dar uma surra. Quando gente que sabe onde tem o nariz sai de lá de crista murcha, quanto mais tu, empapuçado!

Porém o amarelo não se importou. Amarrou a trouxa e meteu o pé no caminho. Chegando ao palácio, o rei perguntou-lhe:

— Que é que tu queres, amarelo?

— Rei, meu senhor, não disse que pagava a quem lhe contasse uma mentira do tamanho do padre-nosso? Pois eu vim contar.

— Então conta lá, tornou o rei, fazendo ar de pouco caso.

O preguiçoso começou:

— Meu pai era um homem pobre, que vivia de fazer lenha. Já estando velho, cansado de trabalhar, comprou uma burrinha para carregar lenha. Tanta lenha carregou, que fez uma pisadura nas costas da burrinha. Então ensinaram a ele que botasse favas na pisadura. Mas não explicaram se favas secas ou verdes. Ele botou favas secas. Nasceu um faval nas costas da burrinha. Quando as favas secaram, meu pai, a bater com um pau e a burrinha com o rabo, colheu cem alqueires de fava seca, sem uma peca[5]. Para encurtar de razões: — meu pai tem um sino de cortiça, com badalinho de lã, que, batendo daqui a cem léguas se ouve, por terra chã.

Quando o preguiçoso acabou de contar a mentira, o rei disse-lhe:

— Arre, que essa é maior que o credo, quanto mais que o padre-nosso!

Recolhido por João da Silva Campos,
Contos e fábulas populares da Bahia,
págs. 275-276.

---

5. Murcha (fruta).

A cobra Sucuiú

A cobra Sucuiú estava com seu filhote na beira da estrada. Passou um homem e matou o filho da Sucuiú. Só não matou a mãe porque ela era muito grande. A Sucuiú se *retou* e botou atrás desse homem, cantando:

— *Nasceu, criou, morreu matado.*
Onde você for, lhe mato também.

O homem, com medo, correu o quanto pôde até chegar perto de uma vaca:

— Vaca, me acuda, que aí vem a Sucuiú querendo me matar.

— Fica por aí mesmo, que eu lhe valho — disse a vaca. Mas quando ela viu a Sucuiú, teve tanto medo que virou os olhos e morreu.

Pernas pra que te quero novamente! Mais adiante, ele viu outro homem, a quem pediu ajuda.

Na mesma hora apareceu a Sucuiú cantando:
— *Nasceu, criou, morreu matado.*
Onde você for, lhe mato também.

O outro homem também saiu na carreira. O coitado já não aguentava mais correr da Sucuiú. Mais adiante, deparou um buraco enorme com um grilo na entrada, cantando:
— *Tico-tico, Zé Mineiro!*
Tico-tico, Zé Mineiro!

O homem, sem ter mais a quem recorrer, apelou ao grilo:
— Grilo, me valha, que a cobra Sucuiú quer me comer!

— Entra aqui na minha casa, que eu lhe valho! — e o homem emborcou no buraco.

Quando a Sucuiú chegou, perguntou pelo homem, e o grilo respondeu:
— *Tico-tico, Zé Mineiro!*
Tico-tico, Zé Mineiro!

— Eu não quero saber de "Tico-tico, Zé Mineiro!" Quero saber se aqui passou um homem... — e cantou sua cantiga:
— *Nasceu, criou, morreu matado.*
Onde você for, lhe mato também.

Como o grilo não lhe dava atenção, a Sucuiú o agarrou e o engoliu. Na barriga da bicha, o grilo afiou seu canivete e abriu um buraco na goela, saindo por ele e deixando a cobra Sucuiú estendida.

Maria Rosa Fróes,
Brumado, Bahia.

O homem e a cobra

Certo dia, um homem precisava atravessar o rio, mas carecia de alguém para levá-lo ao outro lado. Aí, chegou a cobra, e o homem lhe perguntou:

— Cobra, com que se paga o bem?

A cobra, como não podia deixar de ser, respondeu:

— Ora, o bem se paga com o mal.

E o homem afirmou que era com o bem. A cobra então lhe propôs:

— Se você conseguir encontrar entre três testemunhas pelo menos uma que afirme que o bem se paga com o bem, eu o levo ao outro lado. Mas, se não encontrar, eu o comerei.

O homem — fazer o quê? — concordou.

Encontraram um cavalo velho, todo pisado, a quem a cobra fez a pergunta:

— Amigo cavalo, com que se paga o bem?

O cavalo respondeu:

— Com o mal!

O homem logo indagou o porquê.

— Porque quando eu era cavalo novo, o meu dono montava em mim e me levava a todo lugar, enfeitado com linda sela e arreio novo. Hoje que estou velho e não aguento mais viajar, meu dono me abandonou.

A cobra ganhou um ponto na aposta. Em seguida, encontraram um cachorro velho, que era só pele e osso. O homem, então, fez a mesma pergunta, e ele respondeu:

— O bem se paga com o mal! Quando eu era novo, o meu dono me tratava com cuidado. Hoje já estou velho e tenho que roer ossos para não morrer de fome.

Mais um ponto para a cobra. Por fim, foram interrogar a terceira testemunha: a raposa. Quando eles lhe fizeram a pergunta, a raposa logo respondeu:

— O bem só se deve pagar com o bem!

O homem, desta forma, ganhou a aposta e a cobra atravessou com ele o rio. Ele agradeceu a raposa e perguntou-lhe como poderia recompensá-la. A raposa lhe pediu algumas galinhas de recompensa. O homem a convidou para ir à sua casa. Chegando lá, ele contou toda a história à mulher e pediu que ela desse umas galinhas para a raposa. Mas a mulher não deu nenhuma, pelo contrário: chamou todos os cachorros e mandou pegarem a raposa. Os cachorros a perseguiram e quase a mataram. E o homem chegou à conclusão de que o bem se paga com o mal.

Seu Ziquinha,
Igaporã, Bahia.

Os cavalos mágicos

Era um dia três irmãos, Pedro, José e Joãozinho, o mais novo de todos.

Pedro foi um dia ter com o pai e disse-lhe:

— Saiba meu pai que vou cuidar de minha vida.

O pai insistiu que não fosse, mas, vendo-o obstinado, consentiu, e em vez de bênção, que não pediu, deu-lhe uma bolsa de dinheiro, que o filho achou pouco, pelo que lhe deu mais.

Passados dias ainda chorava a ausência de Pedro, e chegou-se ao velho outro seu filho, o José, e disse-lhe:

— Meu pai, quero correr o mundo e tratar de minha vida. E em vez de bênção, quero dinheiro.

O pobre homem deu-lhe conselhos, mas não sendo atendido pelo rapaz, entregou-lhe outra bolsa de dinheiro, e, como José achasse pouco, deu-lhe tudo que lhe restava.

Novas lágrimas e lamentos, mas não passou muito tempo que veio ter com o pai o Joãozinho, o mais novo dos irmãos, que lhe disse, com todo carinho e respeito:

— Meu pai, venho pedir-lhe sua bênção, pois desejo também partir.

O velho, por ser este o seu filho mais querido, pôs-se a chorar, mas como o mocinho insistisse e muito lhe rogasse, não teve remédio senão consentir, mas, disse-lhe que nada tinha para dar-lhe, senão a sua bênção.

Joãozinho respondeu que não queria outra coisa. E, almoçando com muitas saudades, pôs-se a caminho.

***

Pedro, depois de haver muito caminhado, foi ter a um velho castelo, onde *tinha* um lindo pomar e uma grande horta, que segundo corria, era todas as noites devastada por uns misteriosos cavalos, a quem ninguém podia ter mão, nem prender.

Pedro bateu à porta e pediu um emprego.

O castelão contou-lhe o que se passava e o rapaz se propôs a aceitar o emprego de guardar a horta e defendê-la.

À noite o rapaz pôs-se à espreita, mas, às tantas, adormeceu. Vieram os cavalos e devastaram a horta. Pedro despertou com o rumor. Mas já o mal estava feito e os animais desapareceram como que por encanto.

No dia seguinte o castelão ficou indignado e despediu o pobre moço.

Passados dias lá foi ter José. Empregou-se para o mesmo fim no castelo e diferente não foi o resultado, pelo que foi logo despedido.

A esse tempo Joãozinho já estava de viagem e, como não tinha recurso para obter hospedagem, passava as noites nos ranchos. Numa dessas noites apareceu a figura de Nossa Senhora, sua madrinha, que o abençoou e lhe disse:

— João, estarei contigo, meu filho!

Depois deu-lhe uns objetos, dizendo:

— Toma esta rede para que nela descanses, e este *machetinho*, para que nos teus descansos, te divirtas, e esta caixa de alfinetes que espetarás na rede, para que, nela deitado, estejas sempre vigilante.

Dito isto, desapareceu, deixando o rapaz deslumbrado.

Enfim, Joãozinho chegou ao tal castelo e como fizeram seus irmãos pediu um emprego.

O castelão fez-lhe a proposta de guardar a horta e Joãozinho aceitou.

À noite atou sua rede no galho de duas árvores, espetou na rede os alfinetes e se pôs a tocar seu *machetinho*. Quando queria cochilar sentia-lhe espetarem os alfinetes e punha-se a tocar o *machete*.

Nisto, ouviu um rumor. Era o primeiro cavalo, muito bonito e todo baio, que chegava. O rapazinho foi ao encontro do animal, tendo antes colhido algumas folhas de couve que lhe ofereceu.

O cavalo, que era encantado, disse-lhe assim:

— Fizeste bem em praticar esta boa ação. Não estragarei a tua horta. Toma em paga este fio de minha cauda, e, quando estiveres em algum aperto, ou quando desejares alguma coisa, não tens que fazer senão pronunciar estas palavras, e eu estarei a teu lado:

Oh! meu cavalo baio,
Cauda comprida até o chão,
Ferrado dos quatro pés,
Valha-me nesta ocasião.

Mais tarde apareceu um cavalo tão belo quanto o outro e todo preto. E tudo se passou como anteriormente, recebendo o rapaz um fio da cauda do misterioso animal.

Quase ao amanhecer surgiu o terceiro, um bonito cavalo, todo branco. Aconteceu o mesmo que com os demais, recebendo Joãozinho um fio da cauda do cavalo branco.

De manhã foi uma grande admiração e alegria do castelão, ao ver que a sua horta havia sido poupada. João guardou segredo do que ocorrera e ficou dois anos no castelo, de onde se retirou, muito bem pago, mas com grande tristeza do patrão que lhe queria muito bem.

Prosseguindo a correr o fado, foi dar numa cidade, onde havia um rei que tinha uma filha, a qual só se casaria com o jovem que, no próximo torneio de corrida de cavalos que devia durar três dias, tirasse do dedo da mão direita da princesa o anel que ela traria, colocada no lugar mais alto da sacada do palácio.

João ouviu contar isto e foi empregar-se em casa de alguns jovens que moravam juntos, entregues à grande *libertinagem*.

Os rapazes deram-lhe os trabalhos da cozinha e começaram a tratá-lo muito mal; mas o rapazinho cumpria bem os seus deveres, e, embora entre os patrões, já tivesse reconhecido os dois irmãos, não se quis dar a conhecer.

Também os rapazes não falavam em outra coisa, senão no tal torneio, e todos faziam o plano de ser cada qual o conquistador da mão da princesa. Para isto encomendaram os melhores cavalos e no anunciado dia partiram para o lugar aprazado.

Joãozinho, quando ficou só, tomou o fio da cauda do cavalo baio e disse:

> Oh! meu cavalo baio,
> Cauda comprida até o chão,
> Ferrado dos quatro pés,
> Valha-me nesta ocasião.

E subitamente apareceu diante dele um lindo e vistoso baio, todo arreado de prata e ouro, enquanto João se viu, com pasmo, todo vestido de príncipe.

Montou a cavalo e partiu.

Já os candidatos, que eram muitos, tinham feito a tentativa em vão, quando surgiu o estranho cavaleiro, que, num voo, aprumando-se nos estribos do selim, quase tirou o anel.

Houve palmas, mas o prêmio não foi conquistado. Todos, inclusive a princesa e os irmãos de João, estavam doidinhos por saber quem seria aquele estranho cavaleiro.

Indagações foram feitas, mas nada se descobriu.

No segundo dia, tudo se passou como no primeiro.

João disse:

> Oh! meu cavalo preto,
> Cauda comprida até o chão,
> Ferrado dos quatro pés,
> Valha-me nesta ocasião.

Logo o cavalo preto surgiu, ainda mais arreado que o outro, pois tudo nele era só de ouro, e João se transformou pelos trajes num lindo príncipe.

Montou e partiu.

Já os corredores tinham feito em vão a prova.

Então, o novo cavaleiro aparece e num voo do cavalo quase, por um triz, arrebata o anel da princesa que sorriu, encantada, para ele.

Mas ainda desta vez não se descobriu quem fosse a estranha aparição e mil pesquisas e conjeturas se fizeram.

Chega a terceira e última prova.

Todos acorrem à grande praça do torneio, cada qual dos cavaleiros montado no mais belo e fogoso animal.

Joãozinho, então, para pregar uma peça aos irmãos e aos companheiros que o haviam sempre maltratado, quebrou todas as panelas e as louças da casa e deixou escrito na parede, a carvão, o seu nome, para se dar a conhecer.

Em seguida pegou o fio da cauda do cavalo branco e pronunciou as palavras encantadas:

Oh! meu cavalo branco,
Cauda comprida até o chão,
Ferrado dos quatro pés,
Valha-me nesta ocasião.

Logo apareceu o cavalo branco, ainda mais bonito que os outros e mais bem arreado, pois os arreios eram de ouro e diamantes. O traje de príncipe, em que se transformou o de João, era mais rico que o das outras vezes.

Montou e partiu mais rápido que o vento.

Já os cavaleiros haviam feito a experiência em vão.

Mas a princesa esperava, sorrindo, o cavaleiro misterioso.

Quando este assomou em rápida carreira pelo espaço, todos o miravam pasmados. Quando, de repente, num salto do cavalo, ele passou como um relâmpago pelos ares e tirou o anel do dedo da princesa.

Todos bateram palmas, mas Pedro e José, que eram muito invejosos, ficaram tristes e acabrunhados.

O rei foi com o seu cortejo ao encontro de João. Levaram o vencedor para junto da princesa que o esperava alegre e risonha.

Quando os irmãos chegaram em casa e encontraram tudo quebrado e em desordem, ficaram indignados, mas, ao darem com o nome do irmão escrito na parede, desconfiaram logo que ele fosse o cavaleiro misterioso, foram ao seu encontro e pediram desculpas pelo mal que lhe haviam feito.

João recebeu-os com alegria e carinho, quis que assistissem ao seu casamento com a princesa e arranjou-lhes bons empregos no palácio.

Todos ficaram muito contentes. E vai, a história entrou por uma porta e saiu pela outra, um dois, três... amém.

Recolhido por Lindolfo Gomes em Juiz de Fora-MG, **Contos populares brasileiros**, *págs. 149-154.*

O cunhado de São Pedro

Era um velho que tinha uma filha e três filhos. Um dia, apareceu um rapaz que lhe pediu a filha em casamento. Assim que acabou de se casar, pegou a mulher e foi-se embora com ela, sem querer que a moça levasse nada, nada, de casa do pai. Só mesmo a roupa do corpo foi o que ela levou. Porque o rapaz era São Pedro, portanto não havia de conduzir para sua casa coisas que tivessem ranço de pecado.

A moça vivia muito bem. Tinha, porém, um desgosto: era que o marido não passava em casa um dia que fosse; pois, sendo pastor de ovelhas, não podia deixar nunca de levar os animais para o pasto. O irmão mais velho da moça, indo visitá-la, ela contou-lhe isso. Então o rapaz esperou que o cunhado voltasse. Quando foi de noite, que ele chegou, disse:

— Cunhado, minha irmã se queixa que você, desde que se casou, ainda não pôde parar, um dia que fosse, em casa, por causa das ovelhas. Eu amanhã vou pastorar *elas* e o cunhado fica em casa.

São Pedro disse que sim. Quando foi no outro dia de manhã, chamou as ovelhas e entregou-as ao cunhado, recomendando-lhe que, por onde elas passassem, ele passasse também; onde elas parassem, ele parasse também; de tarde, quando elas voltassem, ele voltasse também. Aí, as ovelhas partiram, seguindo o rapaz no coice do rebanho. Depois de caminharem muito, chegaram à beira de um grande rio, sobre o qual tinha uma ponte que era formada por uma espada de prata, de gume para cima, afiado que nem navalha. As ovelhas meteram o pé e passaram. Quando o rapaz viu aquilo, disse:

— Qual! quem vai passar aqui por cima? Eu, não!

Sentou-se debaixo de um pé de árvore, na beira do rio, e ficou bem de seu, o dia inteiro. Entretanto, São Pedro, que o vinha acompanhando de longe, passou por ele, sem ser visto, e seguiu atrás das suas ovelhas. Quando foi chegando de tarde, lá vem as bichinhas. Assim que elas chegaram perto da ponte, São Pedro se escondeu. Logo que passaram a ponte, o rapaz enfiou atrás delas. Ao chegar em casa, São Pedro já estava lá bem desencalmado. Perguntou ele:

— Então, cunhado, como se foi?
— Eu, bem.
— Acompanhou os animais até no pasto?
— Acompanhei, sim.
— E não viu nada no caminho?
— Eu, não.
— Então não viu nada?
— Eu, não.

Disse São Pedro à mulher que seu irmão não servia e mandou-o embora. No dia seguinte, veio o segundo cunhado e fez o mesmo que o primeiro. No terceiro dia, veio o caçula, ao qual São Pedro fez a mesma recomendação que fizera aos outros dois. Respondeu-lhe o rapazola com firmeza:

— Deixe estar, cunhado. Não tenha medo.

São Pedro, não satisfeito, acompanhou-o de longe, como tinha feito com os dois mais velhos, espiando-o. Quando as ovelhas chegaram à beira do rio, que passaram pelo gume da espada, o rapaz ficou olhando, e disse:

— Assim como vocês, ovelhinhas, bichinhos de Deus, passaram, e esta espada não vos ofendeu, eu também hei de passar, e ela não há de me ofender.

Mal foi botando o pé na espada, e esta foi se virando numa ponte, passando ele perfeitamente. Quando São Pedro viu isso, voltou logo para casa, para passar o dia com sua mulher, porque compreendeu que o cunhado daria conta do recado.

Chegando mais adiante, viu o moço duas pedras enormes que batiam uma na outra, lançando *faíscas de fogo* em derredor, que fazia medo. As ovelhas passaram entre as duas pedras, sem que nada sofressem. O rapaz também passou. Com muito receio, mas passou. Quando chegou mais longe, estavam dois leões, que eram uns monstros, brigando em termo de se acabar, arrancando-se os pedaços, de danados que se achavam. As ovelhas passaram entre os dois leões. O rapaz também passou. Andando um bocado, encontrou um campo coberto de capim muito verde e viçoso, onde estavam pastando uns cavalos tão magros, que estavam se quebrando pela espinha. Passaram as ovelhas e o rapaz as seguiu. Depois encontrou um campo coberto de capim seco, esturricado, e uns animais muito gordos, muito bonitos, pastando. Passaram as ovelhas e ele. Mais além, deu numa fogueira enorme, donde saía cada língua de fogo que parecia um fim de mundo. As ovelhas meteram o pé dentro daquela labareda toda, passando sem se queimarem. O rapaz fez o mesmo. Finalmente deu num jardim, que era uma *babilonha* de grande, bonito que era uma maravilha, onde as ovelhas pararam então, começando a pastar.

O rapaz ficou abismado de ver tanta flor, tanta roseira vindo abaixo das rosas. Então disse:

— Eu vou apanhar umas rosas. Colheu, colheu, e foi botá-las dentro do chapéu, voltando para colher mais. Tornando a ir botá-las dentro do chapéu, só encontrou ali cinco rosas. Disse:

— Ora, senhor, as ovelhas me comeram as rosas!

Foi buscar outro bocado de rosas, botou dentro do chapéu e tornou a ir buscar mais. Voltando, só encontrou cinco rosas dentro do chapéu. Estava nessa lida, abaixo e acima, quando viu as ovelhas tomarem o rumo de casa. Aí, ele agarrou no chapéu e nas cinco rosas, acompanhando as ovelhas. Ao chegar em casa, São Pedro o recebeu muito satisfeito.

Jantaram, conversaram muito e, por fim, São Pedro perguntou-lhe o que havia visto no caminho. O moço referiu tudo quanto se passara. Então São Pedro explicou-lhe: as ovelhas eram as almas dos bons; o rio, com a ponte de prata, era o Jordão, onde São João batizou Cristo; as duas pedras e os dois leões, as comadres e os compadres que brigam neste mundo, e, quando morrem, vivem eternamente a brigar no outro; os cavalos magros pastando no campo verde, os ricos ambiciosos, que vivem neste mundo na abundância, sem nunca estarem fartos de dinheiro; os animais gordos pastando no campo seco, os pobres fartos por natureza; a fogueira, o Purgatório; o jardim, o paraíso; e aquelas cinco rosas, as cinco chagas de Nosso Senhor Jesus Cristo.

Depois de dito isso, São Pedro lavou os pés da mulher, lavou os do cunhado, botou os dois nas palmas da mão, e subiu com eles para o Céu.

Recolhido por João da Silva Campos,
***Contos e fábulas populares da Bahia**,*
págs. 316-319.

Maria Borralheira

Era uma vez um casal muito feliz. Eles tiveram uma filha a quem chamaram Maria, que foi dada a Nossa Senhora para batizar. Infelizmente, a mulher veio a falecer, ficando somente o pai e Maria. Como ele viajava muito, deixando a filha sozinha, resolveu casar-se de novo. A segunda esposa tinha uma filha chamada Joana. Mas bastou o homem sair em viagem para a madrasta mostrar as garras, fazendo de Maria sua criada e aplicando-lhe, pela menor falha, os maiores castigos. Não permitiu mais que a pobrezinha dormisse em seu quarto, restando-lhe somente a cozinha. Todas as tarefas eram executadas pela enteada. A madrasta ainda tomou os vestidos belos de Maria e os deu para Joana. Por fim, passou a chamá-la Maria Borralheira.

Certa feita, a madrasta disse a Maria que sairia com Joana e, na volta, queria achar uma quarta de linha fiada e a casa em ordem! Entregou o balaião de algodão e saiu, deixando a pobre menina desesperada. Maria Borralheira pegou a cabaça e foi buscar água na fonte, num desespero só, pois era impossível fazer tudo aquilo.

No caminho, encontrou uma velhinha, que lhe perguntou:

— Oh! minha filhinha, por que está a chorar?

— A minha madrasta me mandou fazer tanta coisa e ainda fiar uma quarta de linha antes do pôr do sol!

Então a velhinha, compadecida, indagou:

— O que você possui de valioso?

— Quase nada... somente uma vaquinha que minha mãe me deixou!

— Minha filha — disse a velhinha, que era Nossa Senhora —, sou sua madrinha, e vou lhe aconselhar. Não chore mais! Procure sua vaquinha, que agora ela vai conversar com você, e será sua companheira em todas as horas de aperto!

A menina correu na direção da campina onde a vaquinha estava a pastar!

Lá chegando, contou tudo à vaquinha, que lhe mandou trazer o algodão. Maria correu, apanhou o algodão e entregou-o à vaquinha, que começou a comê-lo. Daí a pouco, a vaca pôs-se a estercar os novelos de linha, alvinhos e bem fiados.

Maria, mesmo admirada com todo aquele mistério, correu a fazer as outras tarefas. Quando a madrasta chegou, pronta para castigar a enteada, ficou boquiaberta, sem entender como a menina realizara as tarefas. Não conformada, planejou outra perversidade. Um dia, resolveu sair e já foi dando as ordens para a Borralheira: além das tarefas prontas, queria dois vestidos daqueles novelos que ela havia fiado. Maria, quase sem fôlego, disse:

— Mas até o final do dia, não dou conta de fazer tudo, e ainda dois vestidos!

— Se não fizer, o castigo será terrível! — sentenciou a madrasta.

A pobre começou a chorar, mas, lembrando-se da vaquinha, foi correndo ter com ela. Após ouvir sobre as tarefas impostas à menina, a vaca lhe disse:

— Não tem problema, Maria. Traga aqui todos os novelos!

Maria chegou com os novelos, a vaquinha danou-se a comê-los. Daí a pouco, começou a estercar os vestidos, lindos e limpinhos. Quando Maria terminou os afazeres de casa e trouxe os vestidos da campina, na hora em que a madrasta já chegava, certa de que era impossível evitar-se o castigo. Quando chegou ao batente e viu tudo muito bem arrumado e os dois vestidos prontos, ela quase perdeu o juízo. Ordenou, então, a Joana que tratasse de descobrir qual era o mistério de Maria, porque aquilo não era coisa normal. Joana passou a se fingir de boazinha para ganhar a confiança da *irmã*. Passaram-se uns dias e a madrasta inventou outro plano. Disse à Maria Borralheira que queria todas as roupas da casa limpas e engomadas antes do entardecer, mas que ela deveria cuidar dos outros afazeres da casa também.

Maria correu depressa para a fonte com o cestão de roupa. Joana seguiu no seu encalço e ficou escondida, vigiando tudo. Lá chegando, Maria entregou as roupas à vaquinha, que logo começou a mastigá-las para depois entregar tudo limpo, passado e engomado.

Joana ficou pasma, mas permaneceu em silêncio até chegar em casa e contar tudo à mãe. A malvada não se conteve e astuciou outro plano. Quando o esposo chegou de viagem, ela fingiu-se entojada e disse que estava com desejo de comer a vaquinha de Maria. O homem disse que mataria outra vaca, já que tinham tantas, porque aquela era a vaca de estimação de Maria!

A malvada retrucou:

— Entojo é entojo, e eu estou com desejo de comer a vaca de Maria!

Depois de muito pelejar e nada conseguir, o homem resolveu matar a vaca da filha. Chamou-a e deu-lhe a notícia. Maria se desesperou e foi correndo abraçar a vaquinha que, depois de ouvir tudo, lhe disse:

— Não se avexe, Maria. Faça tudo o que eu mandar, e você continuará sendo valida! Quando me matarem, não coma da minha carne, mas peça o fato para você tratar. Pegue a gamela com o fato e vá até a fonte. Lá, você o limpa, e com a vara que está nas minhas tripas, vai dizendo: "Varinha de condão que Deus me deu, tudo o que eu lhe pedir venha em provisão!" Depois ponha o fato na gamela, deite-a no rio, e a siga até onde ela for, lembrando-se de fazer sempre o bem.

No outro dia, Maria, ainda triste pelo fim da vaquinha, chorava de fazer piedade. Quando a madrasta mandou-a tratar o fato, a menina foi para a fonte. Fez conforme a vaca dissera. Depois de tudo limpo, ela pôs o fato na gamelinha, deitou-a no rio e seguiu a corrente, que levava a gamela. Depois de um tempo, quando Maria já estava cansada, a gamela parou numas pedras. Após recuperar o fôlego, ela avistou uma casinha bem em frente ao rio. A casa estava sem ninguém, mas tinha morador, pois havia criações. Tudo estava numa desordem de dar medo, o terreiro sujo, os bichos com sede e fome. Maria pegou água e deu para os bichos, depois deu comida, varreu o terreiro, limpou a casa, lavou louça, roupa, passou tudo... Daí a pouco, ouviu barulho de gente chegando, correu e se escondeu atrás da porta.

A dona da casa era uma velhinha, que ficou muito contente e perguntou:

— Quem será que me fez tanto bem?

Um papagaio, que estava no poleiro da parede, respondeu:

— Quem lhe fez o bem está atrás da porta!

A velhinha então falou:

— Pois há de surgir uma estrela de ouro na testa dessa pessoa!

Depois que a velhinha se foi, Maria Borralheira saiu de trás da porta. Quando chegou ao rio, viu, pelo reflexo, que tinha uma estrela dourada na testa! Na mesma hora, a gamelinha recomeçou a descer o rio e ela disparou atrás, de cá do seco. Quando parou mais à frente, Maria avistou outra casinha, parecida com a primeira e na mesma situação. Passou a fazer as tarefas, e depois de tudo limpo e arrumado, ela ouviu o barulho de gente chegando. Correu e se escondeu atrás da porta. Quando a velhinha — a dona da casa — entrou, ficou admirada com tamanha bondade, e indagou:

— Quem me fez tanto bem?

Ela também tinha um papagaio empoleirado na parede, que respondeu:

— Quem lhe fez o bem está atrás da porta!

— Pois quando essa pessoa conversar, há de sair pó de ouro de sua boca! — sentenciou.

Depois que a velhinha se foi, Maria saiu de trás da porta e, logo que balbuciou alguma coisa, percebeu que saía um pó brilhante da sua boca. Voltando ao rio, viu a gamelinha, que recomeçou a descer a corrente. Maria se pôs a persegui-la novamente até o momento em que ela parou em frente a uma casinha, parecida com as outras duas. Quando viu que tudo estava na mesma situação, sentiu em seu coração que deveria fazer a mesma coisa. Depois de limpar tudo, dar de comer e de beber aos bichos, ela ouviu um barulho e se escondeu atrás da porta.

A velhinha, dona da casa, entrou e, quando viu a benfeitoria, perguntou:

— Quem poderia me fazer tanto bem?

Nessa terceira casa também tinha um papagaio, que respondeu:

— Quem lhe fez o bem está atrás da porta!

— Essa pessoa há de ficar mais bela do que já é, e toda a formosura da Terra será dela!

Quando a velhinha saiu, Maria Borralheira voltou para casa. Assim que a madrasta viu a sua formosura, ficou furiosa. Perguntou como aquilo tinha se sucedido, pois tal coisa deveria acontecer era com a sua filha. Orientou, então, a Joana que indagasse Maria Borralheira como ela ficou com aquela estrela de ouro na testa!

Inquirida, Maria respondeu:

— Depois que mataram a minha vaca, fui tratar o fato, pus numa gamela e deixei no rio. A gamela seguiu o curso e eu fui atrás, no seco, até ela parar numas pedras. Próximo, eu avistei uma casinha com tudo muito bem-arrumado. Aí, eu sujei tudo, quebrei os potes, bati nos bichos e depois me escondi atrás da porta e esperei. Quando saí de lá, estava assim. São três casas, e nas três se repete a mesma coisa.

Joana ouviu atentamente, correu para a mãe gananciosa e lhe contou tudo. A madrasta mandou logo abater a vaca de Joana e a fez ir tratar o fato no rio. Como Joana não fazia nada, não teve nenhum cuidado ao lavar o fato. Logo colocou na gamela, deixou descer rio abaixo, e foi seguindo. Quando a gamela parou em frente às primeiras pedras, avistou a casinha. Foi logo desfazendo tudo: bateu nos animais, quebrou potes, sujou o terreiro e emporcalhou a casa. De repente ouviu um barulho; correu e se escondeu atrás da porta.

Quando a velhinha chegou, ficou pasma diante daquela lazeira, e perguntou:

— Quem me fez tanto mal?

O papagaio respondeu:

— Quem lhe fez o mal está detrás da porta!

A velhinha, então, disse:

— Há de nascer-lhe uma cauda de jegue na testa!

Quando a velhinha saiu, Joana foi mirar-se no rio e ficou pasma com o seu reflexo. Mesmo assim, viu a gamela sair e pôs-se a segui-la. Mais à frente, a gamela parou e ela avistou a segunda casa. Repetiu tudo o que fizera na primeira e se escondeu atrás da porta. Quando a velhinha entrou, que viu o destempero, ficou revoltada e gritou:

— Quem haveria de me fazer tamanha barbaridade?!

O papagaio disse:
— Quem lhe fez o mal está detrás da porta!
— Quando ela conversar, há de sair porcaria da sua boca!

Assim que a velha saiu, Joana balbuciou uma palavra e percebeu que saía porcaria da sua boca!

Ela continuou seguindo a gamela até parar em frente à terceira casa. Repetiu todas as maldades e se escondeu atrás da porta. Quando a dona da casa chegou, perguntou enfurecida:

— Quem teve a coragem de me fazer tanto mal?

O papagaio logo respondeu:
— Quem lhe fez o mal está atrás da porta!
— Quando sair de lá há de ser a pessoa mais feia desse mundo!

Ao sair de trás da porta, Joana estava muito feia. Voltou para casa e quando sua mãe viu aquilo, ficou encolerizada:

— Deixe estar... Maria Borralheira há de me pagar caro!

Nas redondezas havia um príncipe muito bonito que estava na idade de se casar. Como nenhuma moça lhe agradara, o rei resolveu levá-lo à missa para ver as donzelas do lugar. A madrasta, sabendo disso, se arrumou e arrumou Joana, colocando-lhe um lenço de seda na boca, dizendo a todos que era pra ocultar a beleza da filha. Levava Joana à missa com intenção de casá--la com o príncipe. Antes de sair, disse à Maria que não podia levá-la, pois ela era muito suja, não tinha vestidos adequados e ao local só iam pessoas de fidalguia. Ainda recomendou muitas tarefas, pois na volta queria ver servida uma boa ceia.

Quando elas saíram, Maria cuidou de adiantar todas as tarefas. Depois pegou sua varinha de condão e disse:

— Varinha de condão que Deus me deu, me dê um vestido da cor do céu com todas as estrelas que nele há!

Logo apareceu um lindo vestido e uns sapatinhos de brilhante, que nem pareciam desse mundo, de tão bonitos que eram! Apareceu também uma linda carruagem que a conduziu à missa. Era tanto mistério que ela voava como o vento. Chegando à igreja, todos se encantaram com tamanha formosura. O príncipe logo se apaixonou por ela, mas ninguém sabia quem era; nem mesmo a madrasta e Joana a reconheceram. Antes de terminar a missa, Maria cuidou de sair, subiu na carruagem, que parecia o vento, de tanto que corria. Quando ela chegou em casa, era um mistério só! A carruagem desaparecia e as tarefas estavam todas realizadas! Maria tratou de tirar o vestido e os sapatos e os escondeu junto com a varinha de condão!

De repente, chegaram Joana e a madrasta, bufando de raiva. Mas disfarçou quando viu Maria, e achando que faria inveja a ela, disse que o príncipe só tinha olhos para Joana.

Os dias se passaram e outra missa da realeza foi anunciada. Novamente a madrasta se arrumou, e, após destratar a enteada, saiu com a filha.

Maria esperou um pouco, apanhou sua varinha e repetiu as palavras misteriosas:

— Varinha de condão que Deus me deu, me dê um vestido com todas as flores do campo e colorido como a primavera!

Apareceu um vestido mais lindo que o primeiro. A moça se vestiu e saiu veloz na carruagem rumo à missa. Ao entrar na igreja, a admiração foi tanta que até o padre ficou boquiaberto! Mas Maria se demorou menos que a primeira vez e tratou logo de sair a toda. O pobre do príncipe ficou desconsolado por não saber nada da misteriosa moça. O rei, seu pai, então armou um plano para saber quem era a misteriosa moça e tirar o seu filho da tristeza!

Na terceira vez, a madrasta repetiu toda a falação das vezes anteriores, recomendou que queria as tarefas realizadas, humilhou a enteada e partiu.

Maria recorreu à sua varinha:

— Varinha de condão que Deus me deu, me dê um vestido como o Sol, radiante e dourado!

No mesmo instante apareceu um lindo vestido dourado, bordado com fios de ouro, mais exuberante que os outros dois! Maria se vestiu e seguiu para a igreja.

Lá chegando, a admiração não foi menor do que da vez anterior!

O príncipe deu um jeito de sentar-se ao seu lado, mas ele pouco falou e nem o seu nome conseguiu saber, pois Maria, percebendo que a situação se complicava, saiu às pressas. Na correria, o sapato saiu do pé. Mas, se voltasse para apanhá-lo, daria de cara com a guarda real, que vinha no seu encalço. Os cavaleiros a perseguiram, mas não obtiveram êxito, pois sua carruagem era muito veloz. Chegando em casa, tirou a roupa e a guardou com os outros vestidos e o pé do sapatinho de brilhante — fechou tudo no baú.

A madrasta chegou. Mais enfurecida era impossível. Na igreja empurrara Joana para falar com o príncipe, mas bastou uma só palavra para sujar todo o ambiente!

O príncipe estava muito ansioso pela volta dos cavaleiros, mas eles trouxeram apenas um par de sapato. Diante da desolação do filho, o rei resolveu mandar vasculhar a redondeza e decretou que todas as moças eram obrigadas a calçar o par do sapato. O príncipe desposaria aquela em quem servisse o sapatinho. Os cavaleiros saíram de povoado em povoado, passando de casa em casa, para ver em quem servia o sapatinho de brilhante. Por muitos dias, voltaram para casa sem novidades, para desespero do príncipe.

Até que, um dia, eles chegaram à casa de Maria Borralheira. A madrasta logo disse que o sapatinho serviria, com certeza, na sua formosa filha! Quando os cavaleiros viram Joana, recusaram-se, dizendo que era impossível o sapatinho caber naquele pezão! Mesmo assim, a madrasta insistia que Joana o calçasse. Ela tentava empurrar o seu pezão que mais parecia uma lajota. Depois de quase arrebentar o sapato, os cavaleiros perguntaram se não havia mais alguém na casa. A madrasta disse que não!

Mas Maria ouvia uma voz que lhe dizia:

— Cante, cante, minha filha!

E ela começou a cantar. Os cavaleiros, ouvindo tão doce melodia, perguntaram quem era. A madrasta respondeu:

— É a criada! Mas ela é imunda e jamais foi à missa!

Um dos cavaleiros disse que a ordem do rei era para todas as moças experimentarem o sapato. A madrasta tentou de todas as formas fazê-los desistir dessa ideia. Como não conseguiu, chamou Maria:

— Venha aqui, Maria Borralheira! Já que é ordem de Sua Majestade, mostre a esses cavaleiros que seu pé não entra nesse lindo sapatinho!

Quando Maria entrou na sala, mesmo com todo o borralho que lhe cobria o rosto e as vestes, os cavaleiros perceberam o quanto era bonita. Maria, então, pôs o pé no sapatinho, que serviu como uma luva.

Os cavaleiros nem podiam acreditar que aquela moça tão pobre, coberta de borralho, fosse a mesma pessoa que estivera na missa. Um deles lhe disse:

— Se você tiver o outro par desse sapato para tirar a prova...

Então Maria pegou o outro par e mostrou.

Todos ficaram maravilhados por ser ela a donzela que tanto procuravam. Anunciaram que Maria deveria acompanhá-los ao castelo. A moça pediu licença para se vestir. Saiu, pegou sua varinha de condão, pôs um dos seus vestidos e partiu para o palácio. A festa de casamento durou vários dias. Maria, agora princesa, ainda levou o seu pai para viver com ela.

Clarice Magalhães Borges,
Serra do Ramalho, Bahia.

Notas

O PRÍNCIPE TEIÚ

A história que inaugura este compêndio é das mais ricas e difundidas pelo mundo, com motivos encontráveis nas páginas clássicas d'*O asno de ouro*, de Apuleio (século II), e d'*O Pentamerone*, de Giambatista Basile (século XVII). O conto mítico *Eros e Psique* é revivido em alguns episódios de nosso conto, como aquele em que a curiosidade da heroína precipita a perda do amado e a posterior demanda. A história da jovem que, em troca da promessa do pai, vai morar com um príncipe encantado em forma de animal, é comum a fabulários de muitos países. A versão literária *A bela e a fera*, publicada em 1757, de autoria de Jeanne Marie Leprince, a Madame de Beaumont (1711-1780), conservou este motivo, eliminando vários episódios posteriores. O príncipe encantado em réptil apareceu na obra de Câmara Cascudo (*O príncipe Lagartão*) e nos *Contos e fábulas* de minha lavra (*O príncipe*

Teiú). Curiosamente, *Branca Flor* ou *Brancaflor*, nos contos ibéricos, nomeia a heroína do conto-tipo *A filha do diabo*. Esta heroína aparecerá na situação inicial do conto *Bestore e o rei* (ATU 313), revivendo motivos do mito de Medeia, até o ponto em que a história se converte num conto picaresco.

A MOURA TORTA

Este conto aparece geralmente em Portugal como *As três cidras de amor*, nas coletâneas de Teófilo Braga, Consiglieri Pedroso, Adolfo Coelho e Leite de Vasconcelos. No Brasil, com o mesmo título da nossa história, consta das coletâneas de Sílvio Romero e Câmara Cascudo. A substituição da heroína, vítima de um feitiço, por uma bruxa, é outro motivo de inconteste universalidade. A versão literária italiana *I tre cedri* (As três cidras), do *Pentamerone* de Giambatista Basile, é de 1634. Versões análogas aparecem na recolha dos Irmãos Grimm e nos contos russos de Afanas'ev.

O PRÍNCIPE E O AMIGO

O chapim del-rei, do qual o conto aqui reprozido é uma variante, é um exemplo de xácara que, esquecidos os versos na memória popular, converte-se em conto. O enredo básico trata da convivência entre amigos, estremecida pela desconfiança de um deles, que se casara sem que o outro soubesse. A visita noturna do amigo solteiro é o fator complicador da história. Almeida Garret (1843) registrou uma versão de Évora, mas retocou-a de tal forma, que fez desaparecer quase todo o colorido original. *O camareiro do rei* é a versão do Algarve (*Contos tradicionais do povo português*, págs. 249-252), colhida por Teófilo Braga. A defesa do soberano ante a desconfiança do camareiro, que lhe escondera a esposa bela trazida de longes terras, é desenvolvida numa bem-urdida sextilha:

Eu fui esse tal ladrão

Que na tua vinha entrei;

Verdes parras arredei,

Lindos cachos de uva vi,

Mas juro-te a fé de rei

Que nas uvas não buli.

Na noite anterior, quando visitara o quarto do casal, o rei deixara, na pressa de fugir, cair uma luva. As parras eram as cortinas verdes.

No *Vaqueiros e cantadores*, onde estuda o tema, Câmara Cascudo rememora a versão de Luiza Freire, Bibi, empregada de sua família e principal fonte das histórias tradicionais por ele coligidas. Protagonizam o conto um Rei viúvo e um Rei moço, recém-casado. O rei velho, após entrar no quarto do casal, no afã da fuga, deixa para trás um chapim, denunciador de sua visita inoportuna. O motivo, herdado da tradição oral da velha Índia, consta do *Sendebar*, uma das fontes do *Livro das Mil e uma noites*, no conto *Os sete vizires*.

O GATO PRETO

Misturando elementos do conto religioso (a presença do diabo metamorfoseado em animal) com elementos do conto maravilhoso, *O gato preto* foi documentado por Manoel Ambrósio em *Brasil interior*, com o título *A audiência do capeta* (reproduzido, em versão condensada, por Câmara Cascudo, nos *Contos tradicionais do Brasil*). Sua ampla difusão é atestada, ainda, pelas duas variantes do meu *Contos e fábulas do Brasil*.

OS TRÊS CISNES

Integrante da recolha de Lindolfo Gomes, é mais um conto que reúne vários elementos e permite, igualmente, ricas associações. A história do jovem príncipe, descendente de uma fada, proibido de mirar-se em espelho, para fugir a um malefício, traz à mente o infortunado Narciso, da mitologia grega. Acaba transformado em cisne pela imprudência de sua esposa, que, contemplando-o demoradamente, permite que ele se veja em sua retina. Ela será, a partir de então, tomada de irremediável melancolia, minorada com a presença de um ancião, que se converterá no verdadeiro protagonista da história. Outro motivo conhecido é o do obstáculo movido por uma palavra mágica, como na história de *Ali-babá e os quarenta ladrões*.

BESTORE E A PRINCESA

Contaminada pelo maravilhoso, esta facécia reúne um herói típico das histórias de Pedro Malazarte executando tarefas do conto-tipo *A filha do diabo*, reminiscência do mito de Jasão e Medeia. Na segunda parte, o herói já está metido no traje que lhe cai melhor: o de burlão impiedoso que vence por meio da astúcia temperada com certa dose de crueldade. *Bestore* é corruptela óbvia de Bertoldo, anti-herói popular, que se equipara em argúcia a Malazarte e João Grilo. Em *O canto e a memória*, Silvano Peloso nos informa sobre o poeta italiano Giulio Cesare Croce, que narrava em folhas volantes, vendidas nas ruas de Bolonha, as peripécias de Bertoldo.[1] A maneira com que Bestore se livra definitivamente do rei é conhecidíssima no ciclo de Pedro Malazarte.

---

1. PELOSO, Silvano. *O ciclo do anti-herói*: antimodelos na cultura popular in *O canto e a memória*, São Paulo: Ática, 1996.

A ROTA E A REMENDADA

Anedota típica, incluída na coleção por fazer um contraponto cômico à história de Maria Borralheira, na figura da criada negra que se vinga da arrogância da patroa empobrecida, denunciando-lhe a hipocrisia por meio de um hábil jogo de palavras.

O AMARELO MENTIROSO

O pícaro reaparece neste conto baiano, revivendo o lendário Barão de Münchhausen.[2] Adolfo Coelho, nos *Contos populares portugueses*, registrou *A patranha*. Há exemplos próximos na coleta de Grimm e nas *Mil e uma noites*. Não passa despercebida, por exemplo, a existência de motivos da história de *Simbad, o marujo*, como o da ilha-baleia, no ciclo do Barão de Münchhausen.[3] Também é fácil se rastrear episódios da *Odisseia*, como o do ciclope Polifemo, no próprio *Simbad*. Não nos esqueçamos que as grandes façanhas de Ulisses e Simbad são narradas em primeira pessoa, favorecendo a hipótese de que parte foi inventada por estes heróis para divertir seus interlocutores, prova cabal de que

---
2. Karl Friedrich Hieronymus von Münchhausen (1720-1797), personagem cuja existência se situa no limiar do lendário, foi um militar e proprietário de terras cujos feitos, exagerados pela imaginação popular, serviram de base para a obra *As Aventuras do Barão de Münchhausen*, organizada por Rudolph Erich Raspe e publicadas em Londres, em 1793.
3. Idem.

o herói picaresco deriva do herói dos contos maravilhosos. A literatura de cordel acolheu bem o tema em folhetos como *O contador de mentiras*, de Hélio Cavenaghi, e *Chicó, o menino das cem mentiras*, de Pedro Monteiro. Este último reaproveita o personagem Chicó, célebre embusteiro imortalizado por Ariano Suassuna no *Auto da Compadecida*.

A COBRA SUCUIÚ

Conto tipicamente brasileiro, com variantes em Silva Campos, *O bicho de fogo* e *Dom Maracujá*, e nos *Contos e fábulas do Brasil* (*O bicho Tuê*). Tipicamente brasileiro na forma, mas alienígena na essência, com o engolimento ritual presente nas histórias folclóricas de vários povos, derivadas de mitos que tratam da passagem do herói pelo limiar mágico.[4] Hércules, de passagem por Troia, tenta salvar Hesíone, amarrada a uma rocha, de ser morta por um monstro marinho, em um sacrifício propiciatório. Assim que o monstro vem à tona, o herói penetra em sua garganta, rasga-lhe a barriga e se safa da morte. Exatamente como faz o grilo de nosso conto ao salvar um homem perseguido pela Sucuiú. N'*O bicho Tuê*, o grilo deixa-se engolir pelo perseguidor e, rasgando-lhe o ventre, consegue matá-lo. O Tuê perseguia uma família que se negava a cumprir

---

4. Veja-se CAMPBELL, Joseph. *O herói de mil faces*. São Paulo: Pensamento, 1989, págs. 91-94.

a promessa de dar-lhe a filha em casamento, em pagamento da caça abundante. Episódio típico de contos em que figura o noivo animal, rememoração evidente de um antigo rito, no qual o sacrifício representava a união com o parceiro sobrenatural.

O HOMEM E A COBRA

Mais um conto a apresentar este réptil associado à vilania. Figura no antiquíssimo *Panchatantra* hindu. O animal ingrato, quase sempre uma serpente, pode ser também o leopardo, o tigre, o jacaré... O motivo aparece, já no século XII, na *Disciplina clericaris*, de Petrus Alfonsus. Recolhi outra versão, nomeada pelo informante *O bem se paga com o bem*, em que o animal ingrato é o jacaré. Nos *Contos de fadas indianos*, de Joseph Jacobs, lê-se *O tigre, o Brahman e o chacal*. O tigre, mal-agradecido, ameaça devorar o Brahman, que o livrou de uma armadilha. A árvore e o búfalo, quando interrogados a respeito pelo tigre, votam a favor deste. O chacal, inquirido, finge-se de bobo, forçando a uma reconstituição. Acaba convencendo o tigre a voltar à jaula.

OS CAVALOS MÁGICOS

Conserva o motivo dos *Helpfull horses* (no qual os cavalos são auxiliares do herói), e remonta a tempos imemoriais. A ceva do(s) cavalo(s), reproduzida no conto em questão, que, segundo Propp, "lhe dá o poder mágico",[5] deriva de rituais muito antigos. São três cavalos, de diferentes pelagens, baio, preto e branco, que auxiliam o herói a vencer a prova imposta pelo rei, conquistando a mão da princesa. Este herói é afilhado de Nossa Senhora, e, ao sair de casa, recebe a bênção paterna. Os irmãos mais velhos, recusando a bênção, fracassam nas mesmas provas em que ele triunfa. Silvio Romero, antes de Lindolfo Gomes, registrou em Sergipe *Chico Ramela*, que, em sua segunda parte, apresenta a mesma situação. Na literatura de cordel há três exemplares: *História de três cavalos encantados e três irmãos camponeses*, de José Camelo de Melo Resende; *História dos três irmãos lavradores e os três cavalos encantados*, de Joaquim Batista de Senna; e *Julieta e Custódio e o cavalinho voador*, de José Costa Leite. O primeiro é muito superior ao segundo e muitíssimo superior ao terceiro.

O CUNHADO DE SÃO PEDRO

Exemplar reproduzido da imprescindível recolha de Silva Campos, tem uma peculiaridade: São Pedro, nos contos religiosos, companheiro de todas as horas de Jesus, geralmente aparece associado à glutonaria, à imprudência e à teimosia. Aqui ele é o noivo sobrenatural, elo entre o

---

5. PROPP, Vladimir. *As raízes históricas do conto maravilhoso*. São Paulo: Martins Fontes, 2002, p. 202.

mundo dos vivos e o reino dos mortos. Somente o caçula, dentre os seus cunhados, decifra o mistério que envolve a sua atividade de pastor de ovelhas. A travessia da espada-ponte traz um motivo do ciclo de lendas da Távola Redonda, uma das muitas aventuras em que se envolve *sir* Lancelote. Ítalo Calvino, que retrabalhou um conto de Udine, datado de 1913, *Uma noite no paraíso*, em suas *Fábulas italianas*, aponta o século XIII como aquele em que foram fixadas as primeiras versões literárias. Adolfo Coelho registrou uma versão incompleta, *O soldado que foi ao céu*, de caráter exemplar. Em cordel conheço dois exemplares: *Visão de um corpo seco*, de João Cordeiro, e *O homem que numa hora passou cem anos andando*, de Manoel D'Almeida Filho.

MARIA BORRALHEIRA

Apesar das versões muito divulgadas por Charles Perrault, *Cendrillon*, e por Grimm, *Auschenputtell*, a tradição oral de vários povos tem apresentado uma rica variedade de exemplares. Consiglieri Pedroso recolheu *A gata borralheira*, em Portugal. Com o mesmo nome aparece na coleção de Lindolfo Gomes. *A enjeitada* foi registrada por Adolfo Coelho. No Brasil, sempre aparecem a figura da madrasta que persegue a enteada em benefício de sua filha, e o animal auxiliar, via de regra uma vaca, que, segundo o prof. Paulo Correia, é "a imagem da mãe morta da heroína". O sapatinho de ouro, que selará o destino exitoso da protagonista, é reflexo de um antigo rito matrimonial conservado na narrativa popular.

Bibliografia

AFANAS'EV, Aleksandr. *Contos de fadas russos*. Tradução de Dinah de Abreu Azevedo. São Paulo: Landy, 2006.

ALCOFORADO, Doralice. *O conto mítico de Apuleio no imaginário baiano*. In: *Estudos em literatura popular*. João Pessoa: Editora Universitária/UFPB, 2004.

BASILE, Giambatista. *Pentamerón, el cuento de los cuentos*. Tradução para o espanhol de César Palma. Madri: Ediciones Siruela, 2006.

BRAGA, Teófilo. *Contos tradicionais do povo português* (dois volumes). Lisboa: Publicações D. Quixote, 2002.

CALVINO, Ítalo. *Fábulas italianas*. Tradução de Nilson Moulin. São Paulo: Companhia das Letras, 1992.

CAMPBELL, Joseph. *O herói de mil faces*. São Paulo: Pensamento, 1989.

CAMPOS, João da Silva. *Contos e fábulas populares da Bahia*. In: MAGALHÃES, Basílio de. *O folclore no Brasil*. 3. ed. Rio de janeiro: Edições O Cruzeiro, 1960.

CASCUDO, Luís da Câmara. *Contos tradicionais do Brasil*. 13. ed. São Paulo: Global, 2004.

_____. *Vaqueiros e cantadores*. São Paulo: Edusp; Belo Horizonte: Itatiaia, 1884.

COELHO, Adolfo. *Contos populares portugueses*. Portugal: Compendium, 1996.

GOMES, Lindolfo. *Contos populares brasileiros*. 3. ed. São Paulo: Melhoramentos, 1965.

HAURÉLIO, Marco. *Contos folclóricos brasileiros*. São Paulo: Paulus, 2010.

_____. *Contos e fábulas do Brasil*. São Paulo: Nova Alexandria, 2011.

JACOBS, Joseph. *Contos de fadas indianos*. Tradução de Vilma Maria da Silva. São Paulo: Landy, 2003.

NASCIMENTO, Bráulio do: *Catálogo do conto popular brasileiro*. Rio de Janeiro: IBECC / Tempo Brasileiro, 2005.

PEDROSO, Consiglieri. *Contos populares portugueses*. São Paulo: Landy, 2006.

PIMENTEL, Altimar. *Estórias de Luzia Tereza*. Brasília: Thesaurus, 1995.

PROPP, Vladimir. *As raízes históricas do conto maravilhoso*. 2. ed. Tradução de Rosemary Costhek Abílio e Paulo Bezerra. São Paulo: Martins Fontes, 2002.

_____. *Morfologia do conto maravilhoso*. Tradução de Jasna Paravich Sarhan. Rio de Janeiro: Forense Universitária, 2006.

ROMERO, Sílvio. *Folclore brasileiro: Contos populares do Brasil*. Belo Horizonte: Itatiaia, São Paulo: Edusp, 1985.

_____. *Folclore brasileiro. Cantos populares do Brasil*, tomo II. Rio de Janeiro: José Olímpio, 1954.

Glossário

"de todo tamanho": muito grande.

"ir ao pelo": brigar feio.

... "deu a testa": enfezou, zangou-se.

"amarelo" (do conto *O amarelo mentiroso*): personagem que figura nos contos de esperteza, sob o nome de Pedro Malazarte, João Grilo ou até mesmo Camões e Bocage. Geralmente, refere-se ao sertanejo pobre, desnutrido que derrota os poderosos valendo-se da esperteza.

"que só vivia na cinza": situação típica dos contos de fadas em que o protagonista, geralmente o caçula da família, é vítima, por algum tempo, dos irmãos e, por isso, vive no borralho (cinza). O Rapaz das Cinzas é uma figura importante dos contos populares noruegueses.

" a quem ninguém podia ter mão": a quem ninguém podia segurar, dominar.

" a correr do fado": a fugir do destino.

"bem de seu": tranquilo, despreocupado.

"desencalmado": tranquilo.

"babilonha": corruptela de "babilônia". No texto, significa algo que não pode ser medido, suntuoso, por fazer lembrar a riqueza da antiga Babilônia.

"uma quarta de linha": no conto Maria Borralheira, significa uma grande medida de linha.

"limpar/lavar o fato": limpar o estômago (fato) dos animais abatidos para consumo.

Vocabulário geral

Alpercata: sandália.
Aprazado: Marcado, determinado, acertado.
Avexar (avexe): preocupar-se, apressar.
Baio: da cor de ouro. Castanho-dourado.
Brenha: mata fechada, matagal.
Cabaça: vaso feito do fruto da cabaceira, usado para transportar água.
Candeia: vela de sebo ou de cera. É também o recipiente com combustível (óleo e querosene) usado para iluminação em casas da zona rural onde não há energia elétrica.
Caruá (ou caroá): planta da família das bromeliáceas, cujas fibras são usadas para a confecção de barbante, linhas de pesca e tecidos.
Conjeturas: hipóteses, probabilidades.
Debalde: em vão, inutilmente.
Desdita: má sorte

Entojo: nojo ou desejo de gestante.
Gamela: vasilha de barro ou de madeira, usada para alimentar os animais.
Gibão: casaco curto que se usa sobre a camisa. No Nordeste, é comum o vaqueiro usar o gibão de couro.
Jagodes: ordinário, sem valor, palerma.
Lajedo: trecho coberto de pedras, no leito ou às margens de um rio, lagoa etc.
Lampeiramente: apressadamente.
Lazeira: confusão, desgraça.
Lume: luz, brilho, clarão.
Macetar: amassar.
Machete / machetinho: cavaquinho.
Mancebos: jovens, rapazes.
Manga: roça, pastagem.
Obstinado: Firme, teimoso.
Pancuda: metida, arrogante.
Pelejar: lutar, insistir.
Pisadura: ferida no lombo dos animais. Matadura.
Púcaro: vaso pequeno.
Reposteiro: cortina.
Retar (-se): irritar-se.
Teiú: o maior lagarto brasileiro. Vive em buracos no chão e alimenta-se de pequenos animais e de frutas.
Tinhoso: um dos nomes populares do Diabo.

Dados do autor

Marco Haurélio nasceu numa localidade chamada Ponta da Serra, município de Riacho de Santana, sertão da Bahia, a 5 de julho de 1974. Lá, conviveu com a literatura oral, travou contato com o universo da Literatura de Cordel, tornando-se, tempos depois, um dos grandes autores do gênero no Brasil. Os primeiros contos populares foram narrados pela avó paterna Luzia Josefina de Farias (1910-1982).

Estudioso das tradições populares, é autor de *Contos folclóricos brasileiros* (Paulus), *Contos e fábulas do Brasil* (Nova Alexandria), além do presente *Contos mágicos brasileiros*. Escreveu, ainda, folhetos e romances de cordel, a exemplo de *História de Belisfronte, o filho do pescador*, *História da Moura Torta*, *Presepadas de Chicó e astúcias de João Grilo* (publicados pela tradicional

Editora Luzeiro) e *As três folhas da serpente* e *Galopando o cavalo Pensamento* (Tupynanquim). Parte importante de sua produção poética foi reunida na antologia *Meus romances de cordel* (Global Editora).

Transportando o Cordel para a literatura infantil, escreveu *A lenda do Saci-Pererê* e *Traquinagens de João Grilo* (Paulus), *O príncipe que via defeito em tudo* (Acatu) e *Os três porquinhos em cordel*. Coordena, pela editora Nova Alexandria, a coleção *Clássicos em Cordel*, para a qual adaptou *A megera domada*, de William Shakespeare, e *O conde de Monte Cristo*, de Alexandre Dumas. No campo dos estudos da poesia popular, escreveu *Breve história da Literatura de Cordel* (Claridade). Formado em Letras pela Universidade do Estado da Bahia (UNEB), profere palestras e ministra oficinas sobre Literatura de Cordel e cultura popular.

Impresso por :

gráfica e editora

Tel.:11 2769-9056